커넥트

커넥트

민경혜 소설

차례

등장인물

백단아

원치 않게 꿈속에서
다른 사람과 연결되는 소녀.
알콜 중독자 엄마와 함께 살고 있다.

꿈속의 소녀

단아의 꿈에 나타난
정체불명의 소녀.
예닐곱 살쯤 되어 보인다.

김재하

단아의 든든한 보디가드이자 남자 친구.
아픈 가정사를 겪고 홀로 남았지만
씩씩하게 살아간다.

최 관장

'수호 태권도'의 관장.
언제나 단아와 재하의 편이 되어 주는
유일한 어른이다.

동백이 할머니

동네 복지 센터에서 지내는 할머니.
치매를 앓고 있으며,
색칠 공부를 좋아한다.

춘배 할아버지

거동이 불편해 최 관장과
재하의 도움을 받는 할아버지.
전쟁 중에 헤어진 여동생을 그리워한다.

단아의 꿈

꿈은 꿈이 아니었다.

단아는 조용히 잠들고 싶었다. 누구에게도 들키지 않은 채로. 천천히, 아주 천천히. 그리고 조용히, 아주 조용히. 단아는 아무도 몰래 잠에 빠져들고 싶었다.

'제발 오늘 밤만은…. 그래, 단 하룻밤만이라도….'

단아는 오늘 밤만은 잠이 아닌 다른 에너지를 받아들이고 싶지 않았다. 이미 여러 날 동안 제대로 잠들지 못했던 단아는 무척 지쳐 있었다. 두통도 더는 참을 수 없었다. 어서 잠을 자야 했다. 단아는 침대에 누워 숨죽였다. 잠들기 위해 몸의 긴장을 풀어야 했는데, 그럴수록 몸은 더 단단하게 굳어졌다. 짜증이 일었다. 하지만 자잘한 감정 따위에 방해받고 싶지 않았기에,

단아는 이내 차분히 마음을 가라앉히고 잠들기를 서둘렀다.

숨을 다시 천천히, 아주 천천히 깊게, 또 깊게 들이마셨다.

그때, 또다시 이마 끄트머리에 참을 수 없는 통증이 찾아왔다. 작은 새의 부리가 단아의 머릿속에서 무언가를 찾기라도 하겠다는 듯 톡톡톡 다부지게 쪼아 대는 것만 같았다.

톡톡톡. 톡톡톡. 톡톡톡. 톡.

도대체 또 무엇을 찾아내려는 걸까.

'아기 새야, 그만해. 제발 그만…'

얼마나 지났을까. 두통이 잠깐 멈췄을 때, 단아는 찡그렸던 미간을 억지로 폈다. 그러고는 깊이 숨을 들이마시고 또 천천히 내뱉기를 반복했다.

어느새 빠르게 뛰던 심장과 정신없이 뱅글거리던 무거운 두뇌가 툭 멈추기라도 한 듯 고요해졌다.

시간이 멈춰 버린 듯한 적막.

그래, 이제 곧 단아는 잠이 들 것이다.

팔과 다리, 끝내는 손가락과 발가락 끝까지 온몸의 힘이 서서히 풀린다. 머리카락조차 힘이 풀려 한 올 한 올 허공을 건드린다. 포근한 이불은 힘이 풀린 단아의 몸을 가볍게 감쌌다. 그리고 저 아래, 아주아주 깊은 곳의 에너지가 단아를 깊이 빨아들이기 시작했다. 묵직한 힘이 저 깊은 곳에서 단아를 강하게 잡아당겼다. 아래로, 더 아래로. 팽팽하게, 더욱더 팽팽하게.

'아…. 아!'

온몸을 짓누르는 무거운 팽팽함이 단아를 바짝 끌어당기
자, 그제야 단아는 이것이 잠이 아니라는 것을 깨달았다.

'아냐! 이건 잠이 아니야! 아니라고!'

단아는 자신을 끌어당기는 에너지에 맞서 온몸을 힘주어
뒤틀기 시작했다. 잡아당기는 힘의 반대쪽으로, 어떻게든 몸을
일으켜 보려고.

하지만 이미 늦었다.

단아가 이겨 낼 수 없는 힘이다. 거부할 수 없는 강한 힘에
맞서던 단아는 이내 포기한다.

'에잇! 망할!'

이제 단아의 몸은 무기력하다. 강력한 힘에 이끌려 그저 아
래로, 점점 더 아래로 팽팽하게 당겨질 뿐이다. 마치 새총의 고
무줄이 팽팽하게 당겨지듯.

탁!

별안간 그 팽팽한 끈이 끊어졌다.

헙!

순식간에 단아의 몸이 솟구쳤다.

천장을 뚫고 하늘을 날아 저 높은 곳, 깊고 어두운 곳으로. 그리고 깊은 하늘, 그 캄캄한 어둠 속 어딘가에 버려졌다.

덩그러니. 툭.

캄캄한 어둠 속을 단아는 자신의 의지와 상관없이 유영한다. 빛도 소리도 없는 아득함. 죽음과도 같은 무無.

'하아….'

깊은 한숨을 내쉬어 보지만 소용없다. 벗어날 수 없는 곳에 오늘도 단아는 다다랐다. 아무것도 없는 이곳에서 단아는 차라리 자신도 사라지길 바란다. 그래, 어쩌면 단아는 이미 이 무 속에 무로 사라진 채 갇혀 있는 것인지도 모른다. 이대로 그냥 어둠이 되어 버리기를….

어둠을 꿈꾸는 찰나, 쨍한 빛이 단아를 건드려 깨운다. 환한 빛에 눈이 부시다.

'싫어! 싫다고! 제발 나 좀 내버려 둬!'

단아는 눈을 질끈 감아 보지만 소용없다. 밝은 빛은 이내 단아에게 스며들었다.

'하아….'

이제 단아는 어둠이 아닌 빛이다. 단아는 빛으로 부풀어 오른다. 그리고 빛의 한가운데, 단아의 심장 가까이에 오늘도 그 소녀가 있다. 어제도 만났던 바로 그 소녀가.

단아는 오늘도 깊은 잠인 듯, 꿈인 듯 꿈이 아닌 꿈을 꾼다.

소녀는 예닐곱 살쯤이나 되었을까. 빗질을 못 한 머리는 산발이다. 눈물 자국과 콧물 자국이 범벅이 되어 얼굴엔 시커먼 땟국물이 엉겨 붙었다. 본디 흰색이었을 저고리의 소맷자락은 콧물에 찌들어 시커멓게 변해 반들반들하다.

소녀는 걷고 있다. 전쟁을 피해 남쪽으로 가는 길, 소녀는 앞서 걷는 어른들을 한참 동안 종종 따라 걷다가 힘에 부치는지 주저앉아 운다. 아이를 업고 가던 젊은 아낙이 울고 있는 소녀에게 볶은 잡곡을 한 움큼 건넸다. 아낙을 올려다보는 소녀의 눈이 절절하다.

'저 좀 도와주세요, 제발….'

하지만 아낙은 그 눈빛을 애써 외면한다. 아낙은 갓난쟁이를 등에 업은 채, 소녀와 비슷한 또래 소년의 손을 잡고 부지런히 다시 걷기 시작했다. 아낙에겐 소녀를 거들 손이 없다. 소녀는 아낙에게서 받은 볶은 잡곡을 그저 바라만 보다가 한 톨이라도 흘릴세라 둘러맨 낡은 보따리에 조심스럽게 집어넣는다. 누군가와 나눠 먹기라도 해야 한다는 듯이. 그러고는 다시 걷기 시작한다.

단아도 소녀의 곁을 따랐다. 단아가 원해서 따르는 것은 아니다. 단아는 벗어나고 싶지만 그럴 수 없다. 단아에게서 뿜어져 나온 빛이 그 소녀를 품었다. 빛이 품은 소녀에게서 단아는 단 한 발자국도 벗어날 수 없다. 빛이 자석처럼 단아와 소녀를 묶어 버렸으니까.

소녀가 훌쩍이며 코를 들이마셨다. 더러운 콧물의 짭조름한 맛을 단아도 느꼈다. 단아는 이마를 찡그렸다.

"애, 그만 울어. 제발 코 훌쩍이지 말라고. 더러워 죽겠어."

소녀는 소맷자락으로 코를 쓱 닦아 내며 단아를 바라본다. 소녀는 말이 없다. 어쩌면 소녀의 말을 단아가 들을 수 없는 것일지도 모른다. 그도 아니라면, 단아의 말을 소녀가 들을 수 없는 것일지도.

"애, 너는 오늘도 여전히 혼자인 거니?"

소녀는 고개를 끄덕인 것 같기도 하고, 먼 산을 바라본 것도 같다. 소녀의 표정이 무겁다. 단아의 가슴이 저릿했다. 단아는 도대체 너희 엄만 어디 간 거냐고 짜증스럽게 따져 묻고 싶었지만, 애써 그 말을 눌러 삼켰다. 소녀의 아픈 얼굴을 보며 차마 그 말을 뱉을 수가 없었다.

"어서 가. 사람들을 따라 너도 어서 가라고. 혼자 처지면 어쩌려고 그러니? 어서 걸어. 빨리!"

단아는 엄마를 잃은 소녀의 두려움과 외로움이 자신에게 전해 오는 것이 당황스러워 소녀를 재촉했다. 단아의 마음을 읽기라도 했는지 소녀는 타박타박 내처 걷기 시작했다.

"아야! 스으흡!"

소녀의 발바닥에 잡힌 물집이 터져 버렸다. 그 아픔 또한 고스란히 단아에게 전해진다. 낡은 고무신이 닿을 때마다 상처의 쓰라림이 고통스럽다. 고무신 안에서 발을 잔뜩 움츠려 보지만 소용없다. 단아는 미간을 찡그린 채 절뚝거리며 소녀를 따라간다. 소녀의 모든 것을 단아는 함께 느꼈다. 목마름, 퉁퉁 부어오른 발의 뻐근함, 종일 걷고 또 걷는 지루함까지 단아는 소녀와 함께한다.

저녁 어스름이 깔릴 무렵, 함께 걷던 사람들이 마을을 찾아 빈집에 짐을 내렸다. 더 먼저 남쪽으로 떠난 이들이 남겨 둔 빈집. 소녀도 담벼락이 낮은 집의 헐거운 대문을 열고 들어간다. 주저함이 없는 것으로 보아 이미 여러 차례 빈집에서 신세를 진 모양이었다. 인기척 없이 비어 있는 집은 급히 피난을 떠났거나, 누군가 이미 한바탕 뒤집어엎은 듯 살림이 엉망이었다.

여기저기 둘러봤지만, 솥 안에도 부엌 찬장의 어느 곳에도 요기할 만한 음식은 아무것도 없다. 단아는 배가 고팠다. 단아의 배고픔인지 소녀의 배고픔인지는 정확히 알 수 없지만. 속에서 쓴 물이 올라왔다. 먹을 것을 찾아 소녀가 집을 뒤적일 때, 단아도 집 구석구석을 살펴봤다.

"에이. 없어. 아무것도 없어. 감자 한 알도 없다고. 어쩜 이래? 아, 정말 짜증나!"

단아의 꿈

그때, 소녀가 얇은 베개를 하나 꺼내 와 단아의 곁에 앉아 베갯잇을 북 찢어 냈다.

"어머! 애! 너 뭐 하니? 뭐 하는 짓이야?"

소녀가 찢어 낸 베갯잇에서 좁쌀이 후두두 떨어졌다.

"대박. 너 그걸 어떻게 찾았어?"

소녀가 좁쌀을 홀홀 털어 바가지에 모아서는 부엌으로 가져갔다. 그러더니 곧 아궁이에서 대충 끓여 낸 죽을 들고 나왔다. 단아는 그 모습을 묵묵히 지켜본다. 꼬맹이가 제법이다 싶은 마음으로. 소녀가 묽은 좁쌀죽을 바가지째로 들고 후루룩 마신다. 단아는 얼굴을 찌푸렸다. 까슬까슬, 뭉글뭉글한 식감이 영 좋지 않았다. 껄끄럽고 맛도 없다. 단아는 뱉어 내고 싶은데, 소녀는 막무가내다. 또 입안 가득 좁쌀죽을 몰아넣는다.

"읍! 으읍!"

단아는 입을 꼭 다문 채로 삼키지 않으려고 애를 쓰지만, 소녀가 삼킨 까슬한 모래알 같은 좁쌀죽은 기어이 단아의 입안에서 짓이겨지고 뭉개져 침과 함께 목구멍으로 넘어갔다. 가뜩이나 비위가 약한 단아에게는 끔찍한 고문이었다. 단아는 소녀가 죽을 다 삼킬 때까지 메스꺼움을 간신히 참아 냈다.

꾸역꾸역 죽을 몰아넣던 소녀가 느닷없이 소리 내 운다.

"흑흑, 으아아앙! 엄마, 오빠….'

소녀의 어깨가 애처롭게 들썩였다.

"애, 왜 울어? 울지 마. 응?"

단아는 가만히 소녀의 어깨에 손을 댔다. 그러자 단아의 눈에서도 눈물이 흘렀다. 소녀의 깊은 아픔이 고스란히 단아에게 전해졌다. 이 아픔을 뭐라 설명해야 할까? 찢어질 듯 아프기도 하고 무겁게 내려앉아 답답하기도 하다.

"헙!"

단아는 주먹으로 자신의 가슴을 내려친다. 이 고통의 크기가 두렵다. 단아가 감당할 수 있는 아픔이 아니다. 도대체 이 소녀의 가슴엔 무엇이 이토록 맺혀 있나. 숨이 막힐 것 같다. 소녀의 불안, 두려움, 불길함, 서러움…. 온갖 아픈 감정들이 단아의 가슴에도 똑같이 스며든다.

탁. 탁. 탁.

단아가 제 가슴을 또다시 세게 내려치지만, 꽉 막힌 응어리는 풀어질 줄을 모른다.

마침내 소녀의 감정이 절절한 그리움에 닿았다. 단아는 참지 못하고 소녀와 함께 통곡한다.

"보고 싶어. 너무 보고 싶어. 으흐흐흑. 흑흑. 어흐흐흑."

단아는 자신의 가슴을 할퀴고 쥐어뜯었다. 풀리지 않는 그리운 감정에 더는 참을 수가 없었다. 숨이 제대로 쉬어지지 않는다. 통곡하던 단아가 그대로 쓰러졌다. 정신이 아득하다.

단아의 꿈

똑똑. 똑똑 똑.

"단아야, 백단아! 일어났니? 오늘 일찍 깨워 달라며? 학교 가야지."

문밖에서 엄마가 단아를 깨웠다. 단아의 온몸은 땀으로 흠뻑 젖었다. 베갯잇은 땀과 눈물로 얼룩져 축축하다. 단아는 머리를 감쌌다.

'아….'

머리가 깨질 것만 같다.

톡톡톡. 톡톡톡. 톡톡톡톡.

또다시 아기 새다.

'아, 제발 그만 좀 해!'

단아는 제 머리를 쿵쿵 내려치며 짜증을 냈다. 정말이지 뇌를 들어내야만 끝날 듯한 두통이다.

겨우 침대에서 일어난 단아는 비틀거리며 욕실로 향한다. 그러고는 찬물을 틀어 몸을 헹구기 시작했다. 단아는 소름 돋은 몸을 부르르 떨었다. 그제야 겨우 제대로 눈이 떠졌다. 단아는 거울 속의 자신에게서 소녀를 찾는다.

'애, 너 어디에 있니? 도대체 어디에 있는 거야?'

답이 없다. 소녀를 찾아야 한다. 소녀를 찾지 못하면, 이 끔찍한 악몽은 사라지지 않을 것이다. 여태 그래 왔던 것처럼. 하지만 이번에 꿈에서 만난 소녀는 6.25 전쟁 통에 있다. 소녀와 단아 사이를 70여 년의 시간이 가로막고 있다. 시간도 공간도 다른 현실의 이곳에선 소녀를 찾을 수 있는 단서가 아무것도 없다. 단아는 암담했다.

'아…. 어디서 찾아야 하지? 도대체 어디에서….'

샤워기에서 쏟아져 나오는 차가운 물줄기가 단아의 몸을 쓰라리도록 때리고 또 때렸다.

"단아야, 빵이라도 좀 먹고 가."

머리에 수건을 두르고 나온 단아에게 엄마가 부엌에 서서 말을 걸었다.

"아냐, 나 배 안 고파."

"앉아. 그래도 뭐라도 좀 먹고 가야지."

엄마가 유명 제과점의 샌드위치와 우유를 내밀었다. 단아는 까슬한 좁쌀죽이 아직도 입안에 그대로 남아 있는 느낌이었다. 단아는 우유를 한 모금 마신 후 잔을 내려놓았다.

"엄마…."

"응?"

"엄마, 나 사실…."

단아는 엄마를 올려다본다. 오래전에 꾸었던 그 꿈을 다시 꾼다고 말해야 할 것 같다. 너무 괴롭다고, 아무래도 더는 견딜 수 없을 것 같다고. 이 고통을 엄마에게 털어놓고 싶었다. 병원에 가 주사를 맞고서라도 몇 시간쯤 죽은 듯이 잠을 자고 싶었다. 하지만 엄마의 얼굴을 본 단아는 말을 삼켰다.

"왜? 말해. 뭐 할 말 있니?"

"아니, 아냐. 됐어."

"아침부터 싱겁긴…. 어서 먹고 가. 엄만 좀 더 잘래."

"응."

단아는 다시 꿈을 꾸기 시작했고, 엄마는 또 술을 마시기 시작했다. 지난밤 외출 후 화장을 지우지도 못했는지 마스카라가 다 번진 엄마의 눈. 그 눈을 본 단아는 입을 열 수 없었다. 단아는 가슴이 답답했다. 그리고 외로웠다.

"무식한 년."

단아의 아빠는 또다시 그 말을 남기고 집을 나갔다. 단아가 엄마 배 속에 있었을 때부터 아빠는 습관처럼 바람을 피웠다.

"또? 당신 미쳤어? 도대체 언제까지 이럴 거야?"

악을 쓰는 엄마에게 아빠는 '무식한 년'이라며 욕을 하고 뺨을 내려쳤다. 지금 만나는 여자는 너처럼 무식하지 않고, 아주 많이 배운 여자라고 되레 큰소리를 쳤다.

"대학도 못 나온 무식한 년이, 네년에게 감히 검사 마누라 자리가 가당키나 해?"

아빠는 뻔뻔했다. 단아를 품은 만삭의 아내에게 이혼을 요구하던 아빠는 단아가 세상에 나오고도 여전히, 17년 동안 끊임없이 다른 여자를 만나며 엄마에게 이혼을 요구하는 중이다. 물론 엄마는 끝끝내 이혼 서류에 도장을 찍지 않으며 버티고 있다. 엄마는 아빠와 헤어질 수 없는 이유가 단아 때문이라고 했다. 단아 때문에 이혼하지 못하고 바람피우는 아빠를 끝내 참아 내는 것이라고.

"단아, 우리 단아만 아니었어도 나도 당신 따위랑 이렇게 살 이유가 없어!"

단아는 아빠보다 엄마가 더 비겁하게 느껴졌다. 결혼한 것도 단아 때문이었고, 이혼하지 못하는 것도 단아 때문이라는 엄마. 차라리 '사랑' 때문이라고 한다면, 그나마 덜 우스울 것 같았다.

'나 때문이라니, 나 때문에 이 지옥을 견딘다는 거야? 왜? 왜 난데?'

단아는 남은 우유를 싱크대에 쏟아부었다. 하얀 우유가 반짝이는 스테인리스 바닥을 타고 흘러내려 사라졌다. 멀건 자국만 남긴 채.

지금, 단아가 붙잡고 싶은 것은 아무것도 없었다.

보디가드

재하는 머리 위의 나뭇가지를 유심히 바라본다. 꽃눈인지 잎눈인지 모르겠지만, 나뭇가지의 마디마다 봉곳이 눈이 맺혀 있다. 곧 봄이 올 모양이다. 어느 계절을 가장 좋아하느냐고 누군가 물으면, 재하는 봄을 가장 좋아한다고 말한다. 물론 여름, 가을, 겨울도 아주 좋다면서. 봄의 싱그러움을 짜랑하게 피워 내는 여름, 봄이 농익어 결실을 만들어 내는 가을, 그리고 봄을 기다리게 하는 겨울도 아주 좋다고. 하지만 그 모든 시작인 봄이 가장 좋다고. 재하는 봄처럼 싱그럽게 웃으며 그렇게 대답한다.

언제부터인가 재하에게 계절이 보이고, 계절이 읽혔다. 이제 재하는 계절을 느끼며 그 안에서 살아간다. 사계절이 암흑 같았던 그 시절 위로 또 다른 사계절이 내려앉아 스며들고 있었다. 봄날의 햇살처럼.

이제 막 아파트 현관을 나온 단아는 분명 재하를 봤을 텐데, 못 본 척 천천히 앞서 걸었다. 늘 그렇다는 듯 재하가 그 뒤를 따르며 단아의 곁으로 바짝 다가섰다.

"안 춥냐? 옷이 그게 뭐냐?"

덜렁 얇은 교복 카디건만 걸치고 나온 단아에게 재하는 자신의 옷을 얼른 벗어 덮어 준다. 그제야 단아는 재하를 올려다봤다.

"오래 기다렸어?"

"아니."

"뭐 하러 왔어? 학교에서 보면 되지."

"오늘 같은 날은 내가 네 옆에 딱 붙어 있어야 애들이 널 만만하게 안 봐."

"치. 누가 날 만만하게 본다고."

"바보야, 아무나 너한테 찝쩍거리면 안 되니까. 내가 딱 지켜 주려는 거지. 네 보디가드. 꼭 말을 해야 알아?"

단아가 피식 웃고, 그 모습을 바라보는 재하는 기분이 좋다. 단아와 함께 있으면 재하는 언제나 봄날이다.

"어? 야! 백단아, 너 나 좀 봐."

단아의 얼굴을 살피던 재하가 단아의 어깨를 잡아 돌려세웠다. 단아 얼굴에 그늘이 깊다.

"너 어제 또 잠 못 잤어?"

"아니."

"아니긴. 근데 얼굴이 왜 이 모양이야?"

"그런 거 아니야. 그냥 좀 피곤해서 그래. 새 학기라 긴장한 것도 있고…. 귀찮게 하려면 너 먼저 가."

"설마 너, 또 꿈꾼 거야? 응?"

"아니야, 아니라고. 나 이제 꿈 안 꿔."

재하는 미간을 찡그리는 단아의 얼굴을 꼼꼼히 살폈다. 잠을 못 자 두통에 괴로운 모양새였다. 눈가가 퀭하고 어둡다. 요사이 또 꿈에 시달리고 있는 것이 분명했다.

"얼른 말해. 또 꿈꿨네. 언제부터야? 이번엔 또 누구야? 도대체 무슨 꿈인데?"

"…."

"말해, 빨리. 찾아야 할 것 아냐. 찾아야 해결이 되지. 또 언제까지 시달리려고 그래? 왜 여태 말을 안 했어?"

"됐어. 말하면 뭐 해…. 이번엔 못 찾아."

"왜? 내가 찾을게. 찾을 수 있어. 지난번에도 지지난번에도 네가 못 찾는다는 걸 다 내가 찾았잖아. 말해 봐, 얼른. 이 셜록 홈즈 김재하한테. 뜸 들이지 말고, 어서!"

"셜록 홈즈? 풉."

재하의 농담에 피식 웃던 단아의 얼굴이 천천히 굳어졌다.

"아니, 이번엔 정말 못 찾아."

"왜 또 못 찾는다는 거야? 넌 제발 시작도 하기 전에 김새는 말 좀 하지 마."

"재하야, 이번엔… 아무래도 죽은 사람 같아."

"뭐? 뭐라고?"

자신만만하던 재하의 눈빛이 흔들렸다.

'죽은 사람이라니…. 이번엔 정말 귀신이라도 씌었다고?'

재하는 허공을 딛는 듯 위태롭게 걷는 단아의 곁에서 함께 걷는다. 단아를 지켜 줘야 한다고 생각하며. 그래, 이제는 재하가 단아를 지켜 줄 차례였다.

"죽은 사람? 귀신? 참나, 귀신이든 뭐든 상관없어. 일단 말해 봐. 꿈에서 네가 본 걸. 하나도 빠짐없이."

단아는 멈춰서서 자신을 재촉하는 재하의 커다란 눈을 마주했다.

'그래. 지금 내가 붙들 수 있는 건 재하 너뿐이구나.'

어느새 멀쑥하게 키가 커 버린 재하. 키도 작고 깡말랐던 그 어린 소년이 이제는 키도 단아보다 두 뼘은 더 크고, 떡 벌어진 어깨도 듬직하다. 단아의 눈에 그렁그렁 눈물이 맺혔다. 그 물기 가득한 검은 눈동자 안에 재하가 있다. 재하는 단아를 바라보며 주먹을 꼭 말아 쥐었다.

'야, 이 바보야. 이제는 내가 널 지켜 줄 차례라고!'

그날도 봄날이었다. 가로등 불빛을 받은 밤 벚꽃이 화사하게 웃고 있던 봄날.

어린 재하는 가로등 아래에 혼자 우두커니 넋을 놓고 서 있었다. 경찰차와 구급차의 요란한 소리가 주변 사람들의 호기심을 끌어모았다. 하지만 재하의 귀엔 아무 소리도 들리지 않았다. 번쩍번쩍 정신없는 불빛이 집 주변을 대낮처럼 밝혔음에도 재하의 눈앞은 그저 캄캄했다.

온 동네 사람들이 모두 나와 재하의 집 앞을 서성거리며 구경했다. 수갑을 찬 재하 아빠는 경찰차에 탔고, 피투성이가 된 엄마는 구급차에 실려 갔다. 떡집 할머니도 슈퍼 아줌마도 모두 나와 혀를 찼다. 주인집 아줌마는 얼굴이 허옇게 질려 있었다.

"아이고. 기어이 일이 났네, 났어."

"아휴. 언제고 내 이 난리가 날 줄 알았다니까. 동네 흉흉해서 이제 어쩐대요?"

"저 어린 것은 인제 어쩌누. 쯧쯧."

"정말 못 살아. 내 집에서 재수 없게 이게 무슨 일이야."

"어머 어머. 소름 끼쳐. 세상에 뭐 이런 일이…. 아휴, 끔찍해라."

바들바들 떨고 있는 어린 재하를 버젓이 세워 둔 채로 어른들은 호들갑을 떨었다. 모두 알고 있었음에도 그저 모른 척하던 어른들이. 재하의 아빠가 골목에 들어서면 그저 슬금슬금

피하기만 하던 어른들이.

그 틈을 비집고 한 소녀가 재하의 곁으로 다가왔다. 어린 단아였다. 단아의 손엔 팔이 긴 원숭이 인형이 들려 있었다. 반짝반짝 빛이 나는 신발을 신고 재하의 곁으로 다가온 단아는 원숭이 인형의 긴 팔을 재하의 목에 둘러 묶어 주었다. 재하는 말없이 단아의 신발을 내려다봤다. 곱게 반짝거리는 그 신발 곁에 자신이 신고 있는 커다란 슬리퍼가 보였다. 그나마도 짝짝이인 신발. 그리고 그 신발이 감싸고 있는 자신의 새까만 발이 보였다. 여기저기 피딱지가 앉은 더럽고 흉한 발. 재하는 단아에게 들킬세라 발가락을 꼼지락거리며 잔뜩 움츠렸다.

"재하야, 이제 괜찮아. 이제 정말 아무 일도 없을 거야. 이제 다 괜찮아질 거야."

원숭이 인형의 보슬보슬한 털을 쓰다듬으면서 단아가 제법 어른스럽게 말했다. 그제야 재하는 자신의 목을 감싸고 있는 원숭이 인형의 털을 느꼈다. 따뜻했다. 그 순간, 재하의 목구멍을 꾹 누르고 있던 커다란 바위가 깨지며 울음이 터져 나왔다.

"흑. 흐허허헉. 엉엉."

"울지 마. 재하야, 이제 정말 괜찮다니까."

재하는 주먹으로 눈물을 훔치고 단아를 올려다보았다. 왜소한 재하보다 키가 한 뼘은 더 큰 여자애였다. 재하를 내려다보는 단아의 눈에 눈물이 맺혀 있었다. 단아의 검은 눈동자 안에 작은 사내아이가 똑같이 눈물이 그렁그렁한 채로 서 있었다. 그 짧은 눈 마주침 이후, 단아가 그대로 고꾸라졌다.

"에구머니나! 여기 꼬마애가 쓰러졌어요! 이 여자애 엄마, 없어요?"

"어머나! 이건 또 무슨 일이래?"

"하이고, 어쩜 좋아!"

한편에서 어른들과 이야기를 나누던 등판이 넓은 아저씨가 달려와 단아를 업고 뛰었다. 단아가 다니던 태권도 학원의 관장이었다.

어린 단아는 매일 밤 꿈을 꾸었다. 잠을 자고 일어나면 땀으로 이불이 흠뻑 젖을 만큼 무척 아프고 슬픈 꿈이었다. 그렇다. 단아가 꾸었던 맨 처음 꿈인 듯 꿈이 아닌 꿈속에 재하가 있었다.

어린 재하는 좁은 옷장에 숨어 있었다. 무릎을 감싸고 잔뜩 웅크린 어린 재하의 어깨뼈가 불뚝 튀어나와 있었다. 빛이 된 어린 단아는 재하의 곁에서 함께 잔뜩 웅크렸다. 재하의 두려움이 단아의 두려움이 되었고, 재하의 슬픔이 단아의 슬픔이 되었다. 빠르게 뛰는 재하의 심장이 단아의 심장이었다. 재하의 그 숨 막히는 긴장과 고통이 고스란히 단아에 전해졌지만, 단아는 꿈에서 깨어나는 법을 알지 못했다. 그리고 깨어나는 법을 알았다 한들, 어린 단아는 이 작은 소년을 차마 혼자 둘 수 없었을 것이다.

술에 취한 아빠의 저질스러운 욕설과 폭력, 고통을 참는 엄마의 흐느낌. 소년의 장난감이 아빠의 신발에 짓밟히고, 집안 살림이 깨지고 부서지는 소리. 재하는 그 끔찍한 소리를 들을 수 없어 두 손으로 귀를 막았다. 그리고 단아의 조막만 한 손이 재하의 손 위에 포개졌다.

"그래, 귀 막아. 아무것도 듣지 마. 아, 나도 너무 무서워. 어서 귀를 더 꼭 막아! 더 꼬옥."

단아는 재하를 등 뒤에서 꼭 껴안았다. 제발 여기서 끝나기를. 이쯤에서 꿈을 깰 수 있기를.

"살려 주세요! 도와주세요! 누가 좀 우리를… 제발 도와주세요, 제발요!"

하지만 단아의 처절한 외침을 아무도 들어 주지 않았다.

벌컥.

옷장의 문이 열리고, 거대한 사내의 둔탁한 손이 재하의 멱살을 잡아 방바닥에 내동댕이쳤다. 커다란 구둣발이 재하의 배를 마구 걸어찼다.

"크헉."

창자가 뒤틀리고 숨을 쉴 수 없을 만큼 고통스러웠다. 재하는 필사적으로 몸을 웅크렸다. 단아도 고통 때문에 꽉 막힌 숨을 겨우 뱉어 내며 재하의 곁에 바짝 엎드렸다. 끔찍한 두려움은 눈물도 앗아 갔다. 재하는 울지 않았다. 단아도 울 수 없었다. 사내의 거친 손이 다시 재하에게 향할 때 재하 엄마가 울부짖으며 사내의 팔에 매달렸다. 힘으로 감당할 수 없다는 것을 깨달은 그녀는 사내의 팔을 세게 물어뜯었다. 살점이 벌겋게 뜯기고 피가 흘렀다.

"이런, 쌍년이!"

사내는 거칠게 재하 엄마를 밀쳤고, 그녀는 휘청거릴 틈도 없이 나가떨어지며 서랍장에 머리를 찧었다. 그녀의 눈이 뒤집히고 입에선 거품이 흘러나왔다. 그녀의 사지가 바르르 떨리다가 그대로 축 처졌다.

"어, 엄마…."

아내가 위급한 상황에 처했음에도 불콰하게 달아올라 초점을 잃은 사내의 끔찍한 시선은 천천히 재하에게 꽂혔다.

"야! 이 버러지만도 못한 새끼야! 쥐방울만 한 새끼가 벌써 애비를 무시해? 어? 징글징글한 새끼! 먹여 주고 재워 줘도 고마운 줄 모르는 새끼! 그래, 맞아야 정신 차리지! 너도 이 새끼야! 맞아야 정신 차리지! 이리 와! 어라? 이 새끼 봐라? 너, 이리 안 와! 버르장머리 없는 새끼! 맞아야! 처맞아야! 서방 무서운 줄을 알고, 애비 무서운 줄을 알지!"

사내의 눈에서 시퍼런 냉기가 흘러넘쳤다. 그 시퍼런 냉기는 단숨에 사내를 휘감았고 시퍼렇게 부풀어 오른 사내의 거대한 손이 재하를 향해 뻗어 왔다. 단아는 자신도 모르게 그 시퍼런 기운을 막아섰다. 이를 앙다문 채로.

"저리 비켜! 가까이 오지 마! 저리 가! 이 나쁜 악당아!"

시퍼런 사내의 눈이 단아를 바라본다. 단아도 사내를 차갑게 마주 본다. 오들오들 떨면서. 슬쩍 오줌을 지리면서도 단아는 물러서지 않았다.

"때리지 마! 아파! 때리지 말라고!"

하지만 사내의 그 시퍼렇고 커다란 손은 결국, 단아를 통과해 재하를 향해 내리꽂혔다.

퍽.

"죽어! 이 새끼야! 우리 오늘 다 같이 죽어 버리자고!"

"아아아악! 아, 안 돼! 안 돼! 죽이지 마! 제발 살려 줘!"

필사적으로 재하를 끌어안은 단아는 사내의 멈추지 않는 폭력에 그대로 정신을 잃었다.

꿈에서 깨어난 단아는 그저 그 아이를 살려야 한다는 생각뿐이었다.

"엄마, 어떤 사람이 친구를 죽이려고 해. 그 친구의 아빠인 것 같은데…. 아니, 정말 아빠일까? 모르겠어. 하지만 악당이야. 그 악당이 친구의 엄마도 죽였어. 빨리 병원에 가야 하는데…. 안 그러면 정말 죽을지도 모르는데…. 엄마, 그 친구를 살려야 해. 엄마가 좀 도와줘. 응?"

"단아야, 꿈꿨니? 새벽부터 얘가 왜 이렇게 알아듣지도 못할 말을 해. 단아야, 괜찮아. 그건 꿈이야. 우리 단아가 나쁜 꿈을 꾼 모양이네. 얼른 더 자."

"아니야, 엄마. 진짜로 그 아이가 죽을지도 몰라. 그 아저씨가 나도 죽이려고 했다고. 막 커다란 손으로…."

"단아야, 꿈이라고 꿈. 엄마 말 못 알아들어? 곧 학교에 가는 애가 꿈도 모르면 어떻게 해?"

"엄마, 꿈이 아니야! 진짜야! 엄마, 내가 죽을지도 모른단 말이야! 엄만 내가 죽었으면 좋겠어?"

"백단아! 죽긴 누가 죽어! 아침부터 재수 없게 나쁜 꿈은 얘기하는 게 아니야. 알겠어?"

"정말이야! 그 친구를 도와줘야 해! 그 친구가 죽을지도 모른단 말이야!"

"아휴, 애가 정말 왜 이래? 백단아, 네가 안 그래도 엄마 너무 힘들어. 이러지 않아도 죽고 싶을 만큼 힘들다고. 그러니 얼른 더 자. 제발 너까지 이러지 좀 마."

엄마는 끝내 단아의 말을 들어주지 않았다. 꿈이 반복될 때마다 단아는 점점 더 다급해졌다. 유치원 선생님에게, 가사 도

우미 아줌마에게 제발 이야기를 좀 들어 달라고, 딱 한 번만 믿어 달라고 사정을 해 봐도 소용이 없었다. 누구도 단아의 말을 귀담아들어 주지 않았다. 어른들은 모두 엄마랑 똑같았다. 단아는 답답해서 미칠 것 같았다. 그 아이를 그대로 내버려 두면 곧 죽게 될 것을, 세상 어른들은 아무도 모르고 있었다. 오직 단아만 알고 있었다.

"한창 클 때 밥도 잘 안 먹고, 날도 너무 춥고, 아무래도 단아가 기력이 달리는 것 같은데…. 단아 어머니, 애 학교에 들어가기 전에 보약을 좀 지어 먹여 보는 게 어때요? 아무래도 그게 좋을 것 같아요."

도우미 아줌마의 조언에 엄마는 단아를 한의원에 데려갔고, 단아는 아침저녁으로 쓴 약을 억지로 먹어야 했다. 하지만 쓴 약을 꾸역꾸역 삼키고 잠들어도 단아는 계속 꿈을 꿨다. 매일 밤 단아는 그렇게 혼자 끙끙 앓았다.

계절이 바뀌고 봄이 왔다. 단아는 초등학교에 입학한 후, 같은 반 교실에서 꿈에서 본 그 아이를 만났다.

"어? 어어?"

분명 그 아이였다. 단아는 눈이 동그래졌다.

'이것 봐. 내 말이 맞았어! 엄마가 틀린 거야. 꿈은 다 가짜가 아니야.'

매일 밤 만났던 터라 낯설지 않았다. 매일 밤 단아가 손을 잡아 주고 안아 주던 아이. 함께 매를 맞던 아이.

'김재하.'

그 아이의 책상에 붙은 이름이었다. 쉬는 시간이 되자마자 단아가 재하에게 말을 붙였다.

"재하야, 안녕? 너 나 알지?"

"…"

"재하야, 애! 나 좀 봐 봐. 너도 나 알지?"

재하는 단아의 시선을 피했다. 단아가 고개를 숙여 재하에게 얼굴을 디밀었다. 하지만 재하는 단아를 쳐다보지 않았다. 단아가 끈질기게 말을 붙여도 재하는 입을 꾹 다물고 아무 말도 하지 않았다. 단아는 답답했다.

'애가 왜 이러지? 애는 나를 모르나?'

"저기, 나는 단아야. 백단아. 너 나 몰라? 뭐, 괜찮아. 네가 나를 몰라도 나는 너를 아니까."

하지만 재하는 끝끝내 단아를 무시했다. 바짝 물어뜯은 듯한 재하의 손톱 끝이 아려 보였다.

단아는 종일 한숨을 쉬었다. 꿈속의 그 아이를 찾았으니 이제 도와줘야 하는데, 방법을 알 수 없었다. 재하가 모른 척을 하니 담임 선생님께 말해도 소용이 없을 것 같았다.

'이제 어쩌지?'

단아도 재하처럼 손톱을 물어뜯으며 수업 시간 내내 고민하고 또 고민했다.

그날 태권도 수업이 끝난 후 단아는 멀뚱히 최 관장을 바라보았다. 종일 고민한 단아의 마지막 희망이었다. 오늘부터 새로 다니기 시작한 태권도 학원의 관장님. 단아는 그에게 도움을 청할 생각이었다.

"단아야, 왜? 할 말 있니?"

최 관장은 무릎을 구부려 단아를 가까이에서 살폈다. 단아가 살짝 고개를 끄덕였다. 절절한 눈빛으로.

"단아가 관장님한테 할 말이 있구나. 자, 말해 봐. 관장님이 아주 잘 들을 준비가 되었어."

"관장님, 정말 잘 들을 준비가 된 거죠?"

"그럼, 물론이지."

"관장님, 저는 절대로 진짜로 거짓말을 안 해요. 그러니까 제 말을 꼭 믿어 주셔야 해요. 네?"

"그래. 꼭 믿을게. 말해 봐."

최 관장은 차분히 단아를 바라보았다. 단아는 망설였다. 하지만 이내 눈을 질끈 감았다 뜬 후 입을 열었다. 같은 반 친구를 좀 도와달라고. 관장님은 힘이 세니까 그 친구를 도와줄 수 있을 거라고. 친구도, 친구의 엄마도 나쁜 아빠에게 매일 맞고 있

보디가드

다고 말했다. 엄청나게 힘이 센 나쁜 아빠라고. 다만 단아는 이 모든 걸 꿈에서 봤다는 얘기를 관장님에게 하지 않았다. 현실 속에서 재하를 만났으니, 그것은 더는 꿈이 아니었다.

"단아야, 그러니까 그 친구가 정말 네게 도와달라고 했다는 거지?"

"네."

"그 친구 집이 어딘지 알아?"

단아는 고개를 끄덕였다. 재하가 학원가 골목 끝에 있는 빌라 안으로 들어가는 것을 봐 두었다. 떡집 옆의 빌라라고 단아는 최 관장에게 야무지게 설명했다.

"관장님, 자신의 몸은 스스로 지켜야 한다고 했잖아요. 스스로 지킬 수 없을 땐 어른들에게 도와달라고 해야 하는 거잖아요. 맞지요?"

"그래. 잘했다, 잘했어."

최 관장은 단아의 머리를 쓰다듬은 후, 여기저기에 전화를 걸었다. 단아가 말한 그 빌라는 이미 주민들로부터 여러 차례 신고가 접수되었던 곳이라는 걸 확인한 최 관장은 서둘러 외투를 챙겨 입었다. 단아는 초조함에 손톱을 물어뜯었다. 어느새 재하의 손톱처럼 단아의 손끝이 벌겋게 부르텄다.

마침내 재하의 목에 아끼던 원숭이 인형을 묶어 주고 난 후, 단아는 까무룩 그 자리에서 쓰러져 잠이 들었다. 꿈인 듯 꿈이 아닌 꿈을 꾸지 않는 진짜 잠.

　　그날 최 관장의 등에 업힌 단아는 진짜 꿈을 꾸었다. 단아의
꿈엔 연분홍 꽃비가 파란 하늘을 적시며 흩날렸고, 그 아래에
서 단아는 재하와 함께 활짝 웃고 있었다.
　　"재하야, 안녕? 이제 정말 다 괜찮아질 거야."
　　"단아야, 안녕? 정말 고마워."
　　어린 재하와 어린 단아의 머리 위로 팔랑팔랑 떨어지는 얇
은 꽃잎. 그 꽃잎이 기분 좋은 웃음소리를 내는 것만 같았다. 잊
을 수 없었던 그날의 진짜 꿈속에서 꽃들도 분명 그렇게 웃고
있었다.

귀신 들린 아이

시범단 수업을 마친 재하는 태권도장을 깔끔히 정리했다. 굵은 땀방울이 떨어진 바닥을 밀걸레로 구석구석 닦아 냈고, 매트를 깔끔히 접어 정리했다. 불을 끄고 신발을 신고 나서려던 재하는 털썩, 그 자리에 주저앉았다. 다리의 힘이 풀려 버렸다. 또다시 찾아온 불안증이다. 한동안 잊고 있었던 통증. 맥박이 빨라지고 호흡이 가빠졌다. 등 뒤로 식은땀이 흘렀다. 재하는 그대로 체육관 바닥에 벌러덩 드러누웠다. 양팔과 다리를 대자로 뻗고 깊게 심호흡했다. 하아 들이쉬고, 후우 내쉬었다.

'괜찮아, 괜찮아질 거야. 이미 다 괜찮아졌는걸. 김재하, 겁먹지 마.'

재하는 자신 안의 어린 재하에게 속삭였다. 10여 년 전의 어린 재하가 여전히 불쑥불쑥 재하 앞에 모습을 드러내곤 했다.

깡마른 몸으로 이를 앙다문 채, 그 어린 날의 재하가 오늘의 재하를 야무지게 노려봤다.

'바보 같은 새끼. 제 엄마도 버린 놈. 엄마도 살리지 못한 버러지 같은 놈.'

재하는 질끈 눈을 감았다.

'그래 맞아. 나는 엄마를 지키지 못했어. 나 살겠다고 엄마를 죽였지. 하지만 어쩔 수 없었단 말이야. 그때 나는 너무 어렸다고.'

기어이 재하의 눈에서 뜨거운 눈물이 흘러내렸다.

재하는 그날의 충격으로 말을 잃었다. 엄마가 아버지에게 맞아 죽던 날, 밤 벚꽃이 화사하게 피었던 바로 그 봄날 밤. 재하는 어둡고 차가운 얼음 동굴 속에서 여전히 혼자 떨고 있었다. 동굴 밖 세상에 꽃이 피고 있다는 것을 모른 채로.

끔찍한 사건은 순식간에 세상에 알려졌다. 여기저기서 재하를 돕겠다는 손길이 쏟아졌고, 이런저런 말들이 꼬리에 꼬리를 물었다. 보호 센터에 머무르게 된 재하는 자신에게 세상의 눈과 귀가 쏠려 있는 것이 어리둥절했다.

'왜 이제야 나를 쳐다보지? 왜 이제야 내 말을 듣고 싶어 하지? 우리 엄마는 죽었는데…. 난 이제 아무런 할 말이 없는데….'

재하는 눈을 껌뻑거리거나 도리질을 하는 것으로 간단히 의사 표현을 하긴 했지만, 좀처럼 입을 열지 않았다. 도무지 말을 할 수 없었다. 입을 열면 새카만 벌레들이 입 밖으로 죄다 쏟아져 나올 것만 같았다. 목구멍 가득 차곡차곡 빼곡히 쌓아 둔 검은 알들이 한꺼번에 부화해 다 터져 나올 것만 같았다.

어린 재하가 감당할 수 없을 정도로 세상은 재하를 가만 놔두질 않았다. 그 낯선 관심이 부담스러워 재하는 점점 더 입을 열 수 없게 되었다. 재하가 할 수 있는 것은 그것뿐이었다. 입을 앙다무는 것. 세상을 향해 자신을 닫아 잠그는 것.

"어쩌면 좋아. 저 어린 게 이제 말도 못 하게 된 거야?"

"그 난리를 겪고 애가 온전할 리가 있겠어요? 눈앞에서 엄마가 맞아 죽었는데."

"쯧쯧. 불쌍해서 어쩐대."

"멀쩡하던 애가 평생 벙어리로 살게 되면 어쩐대요?"

재하의 실어증은 많은 이들의 동정을 샀고, 재하는 다양한 방법으로 전문가들에게 치료를 받았다. 하지만 재하의 입을 열게 한 건 유능한 전문가가 아닌 단아였다. 재하는 단아 때문에 입을 열었다. 단아 때문에 용기를 냈다.

단아는 학교에서도 재하의 든든한 보디가드였다. 친구들의 어쭙잖은 동정과 교활한 놀림을 온몸으로 막아 준 것도 단아였고, 쉬는 시간마다 재하에게 다가와 끊임없이 말을 걸어 준 것도 단아였다. 단아는 주말에도 최 관장과 함께 과자를 한 보따리 사서는 불쑥 보호 센터로 재하를 찾아왔다. 늘 밝은 얼굴로 헤헤 웃으며. 재하가 아무리 입을 꾹 다물고 있어도 단아는 내처 말을 걸었다.

"재하야, 있잖아…."

단아는 참 말이 많은 아이였다. 쫑알쫑알 쉬지도 않고 날이 저물도록 곁에 붙어 앉아 대꾸도 없는 재하에게 별별 이야기들을 다 쏟아 냈다. 재하는 꾸역꾸역 자신의 이야기를 늘어놓는 단아의 수다를 그저 가만가만 들어 줄 뿐이었다.

어느 날, 재하는 어른들이 단아에 대해 말하는 것을 들었다. 어른들은 단아를 귀신이 들린 아이라고 했다.

"어쩐지…. 그 애 눈빛이 좀 소름 끼치더라니까. 세상에 꿈에서 다 보았다잖아. 친구가 맞아 죽을 뻔한 것을…."

"정말요?"

"몰랐어요? 재하 엄마가 죽을 것을 쟤는 미리 다 알고 있었다잖아요. 유치원 다닐 때부터 헛소리하듯 그런 말을 했다더라고요."

"어머 어머. 이것 좀 봐요. 이 소름 돋는 것 좀 봐."

"맞아, 보지도 않은 애가 마치 다 본 것처럼 말을 하더라니까. 가구에 머리를 찧어 죽었다고. 어쩐지 애가 막 오싹오싹해.

귀신 들린 아이

아우, 기분 나빠."

"어디 용한 무당한테 가서 굿이라도 해야 하는 거 아닌가? 저 어린 것이…. 세상에 정말 별일이 다 있어. 안 그래?"

"그러게요. 저 어린 애가 팔자도 참…. 어쩌다 무당 팔자를 타고났나 모르겠네."

"쯧쯧. 하늘에서 내려온 선녀같이 예쁘장하게 생겨서…. 집도 부자라며? 할아버지가 유명 로펌 대표고, 아빠는 검사라던데…. 엄마도 엄청 미인이더라고. 남부러울 것 없이 다 가지고 태어난 애가 하필이면 귀신이 들릴 게 뭐람. 불쌍해서 어쩌."

어른들은 아무도 단아의 말을 믿지 않았으면서, 이제 와 단아에게 귀신이 들렸다고 수군거렸다.

'귀신?'

재하는 단아가 꼬리가 아홉 개 달린 구미호로 변한 모습을 상상했다. 구미호보다 더 무서운 귀신이라고 하더라도, 살이 다 썩어 들어가는 좀비가 되어 재하를 물어뜯는다고 하더라도, 어쩐지 재하는 하나도 무섭지 않았다. 오히려 어른들이 단아를 향해 혀를 차는 것이 더 무섭게 느껴졌다. 어른들이 무심코 뱉어 내는 말들이 뾰족한 손톱과 날카로운 이빨을 가지고 있는 것 같았다. 그 말들이 귀신보다 더 무섭게 달려들어 단아를 갈기갈기 찢어 놓을지도 몰랐다.

'아니야, 단아는 귀신이 아니야….'

시퍼렇게 차가운 귀신이라기에 단아의 손은 따뜻했고, 어른들이 소름 끼친다는 단아의 눈빛은 투명하고 맑았다. 너무 맑아서, 그 안에 내가 너무 자세히 들여다보여서 오래 눈 마주칠 수 없을 만큼.

얼마 지나지 않아 단아 엄마가 어두운 얼굴로 재하를 찾아왔다.

"재하야, 아줌마가 하나만 물어볼게. 우리 단아, 혹시 학교에 가기 전에 만난 적이 있니? 잘 생각해 볼래? 어디서든 우리 단아를 본 적이 있는지…. 단아랑 재하가 만나서 이야기한 적이 있는지…. 응? 재하야, 한번 잘 생각해 줄 수 있겠니?"

재하는 멀뚱히 단아 엄마의 얼굴을 살폈다.

"재하야, 제발…. 대답해 줄 수 없겠니? 응?"

단아 엄마가 재하의 손을 꼭 잡고 간절히 애원했지만, 재하는 입을 열 수 없었다. 벌레들이 무섭게 쏟아져 나올까 봐. 단아 엄마에게 그 끔찍한 벌레들을 보여 주고 싶진 않았다.

"그래…. 그럼 재하야, 오늘 네가 우리 단아랑 같이 노는 걸 아줌마랑 상담 선생님이 좀 지켜보고 싶어. 그건 괜찮겠니?"

재하는 고개를 끄덕였다.

단아의 엄마가 자신에게 듣고 싶은 말이 무엇인지 재하는 알고 있었다. 단아가 귀신이 아니라는 것, 결국 재하가 그것만 확인해 주면 될 일이었다.

재하와 단아는 선생님에게 놀이 치료를 받았다. 함께 그림도 그리고 블록 놀이도 했다. 선생님이 중간중간 말을 걸었고, 단아는 여전히 말이 없는 재하를 향해 쫑알쫑알 수다스러웠다. 그때, 입을 꾹 다물고 있던 재하가 조그맣게 입을 벌려 천천히 더듬으며 말을 꺼냈다.

"다… 단아…."

다행스럽게도 벌레가 튀어나오지 않았다. 재하는 용기를 내 다음 말을 뱉어 냈다.

"다, 단아에게… 내, 내가 말했어요. 도, 도와달라고…."

그 순간, 단아가 놀잇감을 내팽개치며 눈을 동그랗게 뜨고 함박웃음을 지었다.

"하하! 그렇지? 너도 날 알고 있었던 거지? 맞지? 우리 만난 적이 있는 거지?"

재하가 고개를 끄덕였다.

"그것 봐. 나는 네가 날 기억할 줄 알았어. 우리는 원래부터 친구였으니까. 헤헤."

재하는 상담 선생님이 단아의 엄마와 나누는 이야기를 안 듣는 척, 하지만 찬찬히 더듬으며 들었다. 단아가 귀신이 아니라는 그 말을.

"원래 아이들은 꿈과 현실을 혼동하기도 해요. 아마 단아가 재하에게 들은 이야기를 꿈을 꾸었다고 생각했던 것 같아요."

"하지만 입학하기 전에 우리 단아가 저 아이를 만난 적이 없는걸요."

"아이참, 같은 동네니까 어쩌다 한 번은 부딪혔겠지요. 크게 걱정하실 일은 아닌 것 같아요. 처음엔 공화증, 그러니까 뇌에 이상이 있을 때 나타날 수 있는 신경병적 증상이 아닌가 걱정했는데, 오늘 지켜보니 아이는 무척 안정적이네요. 너무 걱정 안 하셔도 되어요. 아이들에겐 감당할 수 없을 만큼 너무 충격적인 상황이라, 본능적으로 숨기고 싶었을 거예요. 그래서 단아가 무의식중에 꿈으로 포장했을 수도 있고요."

"그렇다면 다행인데…."

"어머니, 요즘 세상에 과학적으로 증명할 수 없는 상황을 일부러 만들어 고민할 필요가 뭐가 있겠어요? 안 그래요?"

단아의 엄마는 천천히 고개를 끄덕였다.

그날 이후로 단아는 어른에게 꿈을 이야기하지 않았다. 어차피 아무도 믿어 주지 않는다는 것을 알게 되었으니까. 게다가 엄마의 눈빛은 더는 아무 말도 하지 말라고, 더 들어 주는 일은 정말 귀찮다고 말하고 있었다. 하지만 괜찮았다. 재하가 있었으니까. 단아는 자신을 믿어 주는 오직 한 사람, 재하에게만 꿈 이야기를 했다.

귀신 들린 아이

입을 닫았던 재하가 한두 마디씩 단아와 말을 섞기 시작했고, 둘은 쉼 없이 속삭였다. 그런데 그렇게 할 말이 많던 단아가, 뭐든 다 뱉어 내야 했던 단아가 이제는 재하 대신 입을 다물어 버렸다. 이제 단아는 묻지 않으면 어떤 것도 먼저 얘기하지 않는다. 재하는 자신이 단아의 말을 빼앗은 것 같아 미안했다.

'그때 내가 입을 열지 않았다면 단아는 계속 들려주었을까? 말하지 못한 것들이 단아의 안에서 어떻게 쌓여 가고 있을까? 단아도 차곡차곡 목구멍 가득 알을 쌓고 있을까?'

재하는 자신의 속에서 올라오던 썩은 냄새가 떠올랐다. 차마 말할 수 없어서 꾹꾹 눌러 담아야 했던 것들이 끔찍한 벌레의 알이 되어 입속에 차곡차곡 쌓여 썩어 갔다. 꿈틀거리다 죽어 버리는 수많은 벌레와 그 알들…. 썩어 가는 벌레의 냄새가 속 깊은 곳, 저 밑바닥에서부터 질펀하게 퍼져 나갔다. 찐득한 피고름 같은 그것은 쉽게 벗겨 낼 수 있는 것이 아니었다. 10년이 지난 지금도 재하는 가끔 그 냄새에 진저리를 친다. 그런데 그 고약한 냄새가 나는 찐득한 상처를 품기에 단아는… 너무 예쁘다.

'단아야….'

재하는 단아를 지킬 수 없을까 봐 불안하다. 엄마처럼 이번엔 단아를 지키지 못할까 봐. 재하의 불안증이 다시금 찾아온 건 단아의 꿈 때문이었다. 70여 년 전 전쟁 중에 죽은 아이가 왜 단아의 꿈에 찾아온단 말인가. 매일 밤 죽음의 고통에 시달리는 것을 단아는 얼마나 더 버틸 수 있을까.

죽은 자를 찾아내야 끝나는 악몽. 어쩐지 이번 미션은 재하 또한 자신이 없었다.

"하아…."

재하의 한숨이 말끔하게 치워진 썰렁한 체육관을 가득 채웠다.

"야! 김재하! 인마, 여기서 뭐 해? 안가?"

"아, 벌써 오셨어요? 가요, 가. 이제 막 나가려고 했는데…. 헤헤."

최 관장이 서둘러 일어서는 재하를 유심히 바라본다. 재하는 별일 아니라는 듯 어깨를 으쓱하고는 서둘러 문을 잠그고 열쇠를 최 관장에게 건넸다.

"얼른 가요, 관장님. 어른들 기다리시겠어요."

"피곤하냐? 피곤하면 먼저 들어가 있어."

"에이, 관장님 혼자 가시게요? 금방 후회하실 거면서."

"후회는 무슨. 너 없어도 거뜬해 인마. 괜찮으니까 피곤하면 먼저 들어가서 공부나 해."

"공부요? 저한테 왜 그러세요? 관장님도 머리 쓰는 것보다 몸 쓰는 게 더 편하다면서요? 저도 관장님 닮았나 봐요. 머리 쓰는 건 생각만 해도 피곤해요. 막 쓰러질 것 같아요. 얼른 가요, 얼른. 아유, 공부. 으, 싫다 싫어."

최 관장은 일주일에 두 번 노인 복지 센터에 들러 봉사한다. 몸을 잘 가누지 못하는 할아버지들의 목욕 봉사다. 때론 밀린 이불 빨래를 거들기도 한다. 한 번 다녀오면 체력 좋기로 소문난 최 관장도 녹초가 되곤 했다. 얼마 전부터는 재하가 거들기 시작했다. 뼈만 앙상한 노인들이지만, 스스로 몸을 잘 가누지 못하니 혼자서는 버거운 일이었다. 몸만 가누지 못하는 경우는 그래도 좀 나은 편이다. 정신이 온전하지 못한 경우엔 몸에 힘을 주고 악을 쓸 뿐만 아니라, 느닷없이 반항하며 쥐어뜯기도 했다. 얼마 전 최 관장은 오씨 할아버지에게 어깨를 물어뜯겨 한동안 고생을 하기도 했다.

다행히 오늘은 뇌 질환으로 한쪽 팔과 다리를 쓰지 못하는 김춘배 할아버지만 목욕 봉사를 기다리고 있었다. 춘배 할아버지는 최 관장에게만 자신의 몸을 맡겼다. 가족들에게도 좀처럼 몸을 맡기지 않았다.

"고마워."

"아이고, 아버지. 별말씀을 다 하십니다. 식사는 잘하시죠?"

"그럼…."

"개운하게 씻으셨으니 얼른 들어가셔서 푹 주무세요. 새벽에 너무 일찍 일어나지 마시고요. 아직 공기가 차요."

"아, 알았어."

최 관장이 춘배 할아버지의 옷 단추를 끼우는 동안, 재하는 할아버지의 듬성듬성한 흰 머리카락을 말려 드렸다. 가족이란 게 무얼까 하는 생각을 하면서. 평생 불량한 가장이었던 재하의 아빠는 가족을 가장 함부로 여긴 사람이었는데, 끝내는 가족을 때려죽인 사람인데…. 평생 가족들 뒷바라지에 건강마저 잃은 춘배 할아버지는 피 한 방울 안 섞인 남에게도 보이는 몸을 왜 가족에게 보이기 부끄럽다는 것일까? 어떻게 가족에게 그렇게 예의를 차릴 수 있는 것일까? 재하는 이해할 수 없었다.

언젠가 최 관장에게 물었을 때, 그는 춘배 할아버지를 이해할 수 있다고 말했다.

"마지막까지 자식들에게 추한 모습은 보이고 싶지 않으신 거야. 흉한 모습, 흐트러진 모습은 본인만 알고 싶으신 거지. 자식들에게는 그저 단정하고 곧은 모습으로만 기억되고 싶어서. 평생을 그리 사셨으니까."

문득, 재하는 아내를 때려죽인 아빠 역시 처음부터 마지막까지 똑같은 한 얼굴이라는 생각이 스쳤다. 끔찍하고 잔인한 얼굴. 재하에게는 오직 그 얼굴만 남아 있었다. 아니, 아빠가 가진 얼굴은 처음부터 그 얼굴뿐이었다.

'그는 아들에게 기억되고 싶은 모습이 따로 있긴 있었을까? 그는 아들에게 어떤 모습이길 바랐을까? 단 한 번이라도 아버지다운 모습이길 바란 적은 있을까? 자신이 자식에게 끔찍하고 잔인한 모습으로 평생을, 아니 죽고 난 후에도 그렇게 기억되리라는 걸 알았을까? 정말 알고도 그렇게 했을까?'

잠깐 그런 생각이 머릿속을 스쳐 지나간 후, 재하는 실쭉 웃었다. 생각해 보니 그는 단 한 번도 아들에게 아빠였던 적이 없었다. 처음부터 마지막까지 그는 그냥 폭행범, 그리고 살인자일 뿐이었다. 재하는 단 한 번도 그를 아빠라고 느낀 적이 없었다. 그는 그저 처음부터 때리는 사람이었다. 그러니 그는 누군가에게 아버지라는 이름으로 기억될 수 없는 사람이다.

재하는 가라앉은 마음을 끌어올리기 위해 서둘러 한쪽에 수북이 쌓여 있는 이불을 빨기 시작했다. 커다란 빨랫대야에 이불을 넣고 세제를 풀었다. 바지를 걷어 올리고 안에 들어가 세차게 밟기 시작했다. 한 발 한 발 무게를 옮겨 디디며 꾹꾹 빨래의 땟물을 밟아 냈다. 어느새 이마에 땀이 송골송골 맺혔다. 내친김에 재하는 흥얼흥얼 노래를 부르기 시작했다.

"재밌냐?"

"네?"

"뭘 그렇게 흥얼거려?"

"요즘 뜨는 걸그룹 노래인데, 관장님 이 노래 모르세요?"

"알아, 인마. 나도 들어 봤어. 힘들어 죽겠구먼. 뭐가 그리 신나냐는 거지."

"흐흐. 관장님, 힘드시면 좀 쉬세요. 제가 마저 할게요."

"이 자식아, 아직은 너보다 내 기운이 더 낫다."

"글쎄요. 과연 그럴까요? 헤헤."

최 관장이 재하를 물끄러미 바라봤다.

"재하야."

"네?"

"울어."

"네?"

"아프면 울라고."

"저 안 아파요. 아프긴 어디가 아파요? 그리고 아프다고 울어요? 이 덩치에? 에이, 헤헤."

"덩치가 무슨 상관이야? 아프고 슬플 땐 우는 거야. 아프고 슬플 때 자꾸 억지로 웃으면, 진짜 웃어야 할 때 웃지를 못해. 그러니까 울어, 참지 말고."

"아니, 울 일이 뭐가 있다고…."

"야, 인마. 울 일이 왜 없어? 네 나이엔 아파야 정상이야. 이렇게든 저렇게든 어떻게든 아파야 정상이라고. 울고 싶고, 때려 부수고 싶고, 소리 지르고 싶고…. 미친놈같이 굴어야 정상이라고. 근데 넌 인마, 너무 멀쩡해. 너무 멀쩡해서 큰일이야, 알아?"

"헤헤헤. 너무 멀쩡해서 큰일이라니. 그렇다면 정말 큰일은 큰일이네요. 헤헤."

"이 자식, 웃지 말라니까!"

"관장님! 왜 멀쩡한 수제자를 억지로 울리려는 거예요? 그러고 보니 관장님이 지금 너무 힘들어서 울고 싶으시죠? 그래서 저한테 같이 울자고 하시는 거죠? 딱 걸렸어요! 맞죠?"

"에라, 그래! 이 자식아! 아무 일 없는 거면 됐다. 얼른 밟아! 더 세게! 그래서 때가 빠지겠냐?"

"흐흐흐. 네! 캡틴!"

재하는 더 세게 빨래를 꾹꾹 눌러 밟았다. 흥얼흥얼 부르던 노래를 마저 부르며. 여전히 저보다 넓은 어깨를 가진 최 관장의 뒷모습을 바라보며. 저 넓은 어깨가 들썩거렸던 그날을 떠올리니 재하는 코끝이 시큰, 정말로 울어 버려야 할 것 같았다.

"고…. 고…. 고, 고맙습니다."

한동안 말을 잃었던 어린 재하가 어렵게 입을 열어 인사를 했을 때, 최 관장은 재하를 으스러지게 안으며 엉엉 울었다.

"야, 인마! 너 지금 뭐라고 그랬어? 이 자식, 이거. 고맙다는 말을 왜 이제 하냐? 응? 왜 이제 하느냐고! 엉엉. 이놈의 자식, 왜 이렇게 사람 애간장을 태워? 으허허헉. 이 자식이 이제야 말을 하네, 말을 해. 나더러 고맙다고…. 재하야, 내가 고맙다. 입을 열어 줘서, 내게 말 걸어 줘서, 내가 고맙다. 정말 고마워, 재하야…. 으흐흐흑. 엉엉."

재하는 그날, 처음으로 남자 어른의 넓은 어깨에 기대 보았
다. 그동안 커다란 어깨는 그림자만 봐도 오싹했었다. 무너뜨
릴 수 없는 단단한 벽이라고 여겼었다. 어린 소년의 주먹으로
는 무찌를 수 없는 거대하고 두려운 벽. 그것이 덩치 큰 사내의
어깨였다. 하지만 그날 재하를 품에 안은 최 관장의 어깨는 달
랐다. 이 어깨는 세상에서 가장 안전할 것 같았다. 태산 같은 사
내의 어깨는 사실 무척 따뜻하다는 걸, 재하는 그날 처음 알았
다. 아빠와 닮은 어깨를 지닌 낯선 남자에게서.

면접

"어머니, 비문학은 어려운 어휘가 제법 등장하기 때문에 글을 완벽하게 이해하기 힘든 경우가 많아요. 뭐, 사실 지문을 완벽하게 이해해야만 문제를 풀 수 있는 건 아니지만…. 단아 학생에게 아직은 시간이 있으니 정석대로 다가가는 게 좋겠죠? 다시 말씀드리지만, 비문학의 경우 인문, 사회, 과학, 기술, 예술 또 이들 중 여러 가지 분야가 뒤섞인 융합 지문까지…."

단아와 엄마는 과외 선생님과 마주 앉아 있었다. 엄마는 선생님의 말을 고개를 끄덕이며 듣고 있었지만, 귀담아듣는 것 같지는 않았다. 선생님이 말을 마치자, 엄마는 수업료가 얼마인지 물었다. 생각보다 큰 금액이었다. 단아는 슬그머니 자리를 피했다.

시험을 망친 것은 두통 때문이었다. 지문을 다 읽기가 어려울 만큼 두통이 심했다. 밤새 잠을 자지 못하고 꿈에 시달리고 나면 낮에 깨어 있는 시간에 집중할 수 없을 만큼 정신이 몽롱했다. 까무룩 낮잠이라도 자고 일어나면 좀 나을 테지만, 단아는 낮에도 잠들지 못했다. 대신 더 잦은 두통이 찾아왔다.

단아의 모의고사 성적을 확인한 엄마는 별다른 얘기 없이 과외 선생님을 수소문했다. 엄마는 단아의 성적이 떨어진 이유를 단아에게 묻지 않고, 과외 선생님에게 물었다.

단아는 숨이 막혔다. 엄마가 바라는 것은 단 하나다. 단아가 자신을 닮은 '무식한 년'이 되지 않는 것. 그뿐이었다. 짐승 같은 아빠의 바짓가랑이를 붙들고 기어이 살아 내는 이유가 단아 때문이라면서, 정작 그 단아에 대해 엄마가 아는 것은 아무것도 없었다. 아니, 알고 싶어 하지 않았다. 단아가 무슨 생각을 하는지, 단아에게 무엇이 필요한지를…. 엄마는 정작 면접이 필요한 것은 과외 선생님이 아니라 단아임을 깨닫지 못하고 있었다.

단아는 조용히 방문을 닫고 책상에 엎드렸다. 이마를 콩콩 책상에 찧었다.

콩. 콩. 콩. 콩. 더 세게, 쿵. 쿵. 쿵. 쿵.

그때, 그 소리를 그만 멈추라는 듯 재하가 보낸 메시지가 도착했다.

단아야, 이따가 저녁에 뭐 해?

왜?

관장님이 오늘 삼겹살 쏘신대. 너 꼭 데려오라셔.

응. 알았어.

단아야.

응?

더 할 말 없어? 별일 없지?

응, 없어. 이따 봐.

단아는 재하가 듣고 싶어 하는 말이 무엇인지 모르지 않았다. 재하는 단아의 꿈이 궁금했다. 어떻게든 지켜 주려고, 뭐라도 더 알아내려고…. 재하는 자꾸만 단아에게 꿈을 물었다. 하지만 단아가 해 줄 말은 아무것도 없었다. 이미 이야기한 것 외에 달라진 것은 없었으니까.

매일 밤 단아는 그저 소녀와 걷고, 걷고 또 걸었다. 지난밤에도 단아와 소녀는 철로 위를 나란히 걸었다. 다른 길들은 통제되기도 했고 또 위험했다. 어디로 가야 할지 모르는 소녀는 그저 사람들을 따라, 철로를 따라 걸을 뿐이었다. 그저 앞만 보며, 때로는 눈을 감고 걸었다. 주위를 살필 수가 없었다. 전쟁은 끔찍하고 생생했다.

불에 타 무너져 내린 집, 귀가 찢길 것 같은 전투기 소리, 멀리서 떨어지는 포탄 소리, 가까이에서 들리는 총성까지…. 그보다 더 끔찍한 것은 삶과 죽음의 경계에 선 사람들의 고통. 그것을 눈앞에 마주해야 한다는 것이 가장 끔찍했다. 달리는 기차에 매달렸던 사람들이 철로에 떨어져 머리가 깨지고, 살이 찢겼다. 단번에 숨이 끊어지면 다행이었다. 죽음의 문턱에서 고통이 길어지는 것은 말 그대로 생지옥일 테니까.

눈앞에서 죽어 가는 사람에게 눈을 돌리는 사람은 아무도 없었다. 남의 사정에 매정해서가 아니었다. 그저 생존 본능일 뿐이었다. 잠시 후에 내가 저렇게 되지 않겠다는 의지, 나는 반드시 살아남겠다는 의지. 사람들은 죽음을 볼 때마다 헤어진 자신의 피붙이가 이미 저렇게 되었을지도 모른다는 불안감에 떨었다. 그 불안함을 느낌과 동시에 고개를 절레절레 흔들며 행여 부정 탈까, 죽음으로부터 시선을 거두었다. 피란길은 살기 위해, 죽지 않기 위해 떠나는 길이었다. 죽음의 문턱을 밟고 선 이들이 살아남기 위해 꾸역꾸역 눈앞의 죽음을 못 본 척하고 있을 뿐이었다.

전투기가 낮게 날면 잔뜩 웅크려 숨을 자리를 찾았다. 적군인지 아군인지 알 수 없었다. 옆집 아저씨는 인민군으로 끌려

가고, 아랫마을 오빠는 국군으로 입대했다. 누가 누구를 죽이고 있는 것인지…. 옆집 아저씨가 아랫마을 오빠를 죽이고 있는 것인지, 아랫마을 오빠가 옆집 아저씨를 죽이고 있는 것인지…. 함께 떡을 나눠 먹고, 보리쌀을 꿔 주던 이들이 왜 서로를 향해 총을 겨누고 있는 것인지…. 소녀도 단아도 이 끔찍한 전쟁의 이유를 이해할 수 없었다.

걷고, 걷고, 또 걷다가 머리가 깨져 뇌가 흘러나온 죽음을 보았다. 단아는 속이 뒤집혀 욕지기가 올라왔다. 숨이 막힐 것 같은 토악질의 끝에서야 꿈에서 깰 수 있었다.

걷고, 걷고, 또 걷다가 소녀는 팔이 잘린 죽음을 보았다. 놓쳐 버린 오라버니의 손이 떠올라 소녀는 까무러칠 정도로 울고 또 울었다.

"오라버니…."

소녀의 그 절절한 그리움에 단아의 가슴이 찢길 듯이 아팠다. 그리움의 고통이 단아의 숨통을 끊어 놓을 것처럼 조여 온 후에야 또 겨우 꿈에서 깨어났다.

매일 밤이 고통이었다. 하지만 숨을 쉴 수 없는 건 꿈에서 깨어난 후에도 달라지지 않았다. 종일 술에 취해 있는 엄마를 보는 것 역시 숨이 막혔으니까.

"단아야! 여기야, 여기!"

고기 굽는 연기가 자욱한 가게의 구석진 자리에서 재하가 손을 흔들며 단아를 맞았다. 단아는 최 관장에게 고개 숙여 인사를 하고는 재하의 옆에 자리를 잡았다.

"백단아, 너 이 자식. 얼굴 한 번 보기가 왜 이렇게 어려워? 고기 사 준다니까 이제야 얼굴을 비추네. 인마, 내가 너 고기 언제든지 사 줄 수 있으니까 자주 좀 보자, 응?"

"네."

단아도 오랜만에 만난 최 관장이 반가웠다. 얼굴에 모처럼 미소가 번졌다.

"근데, 너 설마 다이어트하니? 아니지? 왜 이렇게 말랐어? 안 본 사이에 얼굴이 아주 그냥 반쪽이 되었네. 밥은 제대로 먹고 다니냐? 아이고, 이 녀석 안쓰러워 죽겠네. 쯧쯧, 어서 먹어라, 어서. 앞에 구워진 것부터 어서 집어 먹어. 사장님! 여기 공깃밥 하나랑 사이다도 한 병 주세요. 아, 삼겹살도 2인분 더 주시고요!"

노릇노릇 잘 구워진 삼겹살을 보니 턱에 침이 고였다. 오랜만에 식욕이 돌았다. 단아는 야무지게 쌈을 싸서 입안 가득 몰아넣었다.

"단아, 배고팠구나. 천천히 꼭꼭 씹어 먹어. 자식, 그러다 체할라. 재하야, 단아 사이다 좀 따라 줘라."

"관장님, 저 어린애 아니에요."

"아니긴. 넌 그냥 내 눈에는 아직도 꼬맹이야. 처음 만나던 날이 엊그제 같다. 싹싹하고 야무지고 어디서 이런 녀석이 왔나 싶었는데…. 그래, 강가에 반들반들한 조약돌 같은…. 딱 주먹만 한 조약돌 같은 어린애. 너 인마, 지금도 그때랑 똑같아. 하하하."

"치…. 아니거든요!"

단아는 최 관장에게 새초롬히 눈을 한번 흘기고는 다시 커다랗게 쌈을 싸 입에 몰아넣었다. 그 모습을 바라보는 재하는 셋이 같이 밥을 먹자고 얘기하길 잘했다고 생각했다.

밥이란 것이 그렇다. 마음 편히 먹어야 뼈가 되고, 살이 된다. 보호 센터를 나와 관장님과 함께 지낸 후 그제야 재하는 살이 붙기 시작했다. 아빠에게 얻어맞긴 했지만, 그렇다고 굶었던 것은 아니었다. 엄마는 삼시 세끼를 꼬박 챙겨 주었으니까. 하지만 늘 불안했다. 아빠 없이 밥을 먹으면 아빠가 오늘 또 술을 먹고 늦는구나 싶어 불안했고, 아빠랑 함께 밥을 먹으면, 밥이 입으로 들어가는 것을 느낄 수가 없었다. 살기 위해 밥을 먹으면서도 늘 죽기 전에 먹는 밥인 것 같았다.

창자가 뒤틀리게 얻어맞고 나면, 밥을 먹는 것도 거추장스러워졌다. 그냥 빨리 죽고만 싶었다. 누구든 죽지 않으면 끝나지 않는 고통이라고, 죽지 않으면 끝이 오지 않을 거라 생각했다. 그러니까 어쩌면 재하는 진즉부터 엄마의 죽음을 예견하고

있었는지도 모른다. 생각이 거기에 미치자, 재하의 목구멍이
또 울컥 죄어들었다.

"야! 야, 인마! 너 지금 뭐 해?"

단아는 최 관장이 말릴 틈도 없이 최 관장의 소주잔을 입으
로 가져가 단숨에 비워 버렸다.

"헤헤."

그러고는 어깨를 으쓱하며 해맑게 웃었다.

"어이쿠, 이 자식 좀 봐라. 어이가 없네, 어이가. 너 지금 이
게 뭐 하는 짓이야?"

"관장님 술잔의 술이 맛있어 보여서요."

"뭐?"

"엄마가 매일 마시는 술은 쓰고 아파 보이는데…. 실은 엄마
가 먹다 남긴 술도 마셔 봤는데, 별맛이 없더라고요. 근데 관장
님 술은 좀 달라 보여서. 역시 맛있네요. 먹을 만해요. 최고! 헤
헤, 죄송해요."

"너, 이 자식! 아무리 그래도 그렇지…. 지금 말고, 좀만 더
커서 와. 관장님이 코가 삐뚤어지게 술 사줄 테니까."

"헤헤. 네."

"어머님 요즘도 술 드시니?"

"그냥…. 그렇죠, 뭐…."

최 관장은 물끄러미 단아를 바라보았다. 입안 가득 쌈을 몰

아넣는 단아가 안쓰러웠다. 녀석이 우걱우걱 몰아넣고 씹어 삼키고 싶은 것은 사랑일 터였다.

아이들에게 태권도를 가르치는 일을 하면서 최 관장은 숱한 부모와 아이들을 만났다. 정말 조약돌처럼 작기만 하던 아이들은 하루하루 몰라보게 자란다. 아이들은 팔다리가 길어지고 몸통이 두툼해지고, 더불어 머리와 마음도 자란다.

"이제 머리 컸다고 엄마 말 안 들어요. 관장님, 우리 애 좀 잘 부탁드려요."

부모는 아이가 머리가 커서 말을 안 듣는다고 말한다. 하지만 그들이 부모와 실랑이하는 이유는 머리가 커서가 아니라 마음이 채워지지 않기 때문이다. 아이들의 머리가 자라는 만큼 마음도 자라고 있다는 것을 어른들은 미처 깨닫지 못한다. 믿음으로 채워져야 할 마음을 불안으로 쑤셔 놓고, 잔소리로 채우려 든다.

"도무지 말이 안 통해요, 말이. 문 쾅 닫고 들어가 버리고 말을 할 틈도 안 줘요. 사춘기가 도대체 어쩜 이렇게 요란한지…. 힘들어 죽겠네요, 관장님."

최 관장은 그럴 때마다 아이들에게 말 좀 잘 들으라고 말하기 전에 아이의 말에 먼저 귀 기울여 줬는지를 묻고 싶었다. 말을 들어 주는 부모에게 아이들은 입을 연다. 아이들에게만 일방적으로 귀를 열라고 하면 그게 어디 될 일이겠는가?

최 관장에게는 문제아 또는 비행 청소년이라고 불리는 제자들이 많았다. 그들의 부모 대신 최 관장이 경찰서를 찾아야 했던 적이 수없이 많았다. 그들의 부모가 제 자식에게 손 놓고 있을 때, 최 관장은 그들의 손을 잡아 주었다. 그들의 부모가 그들에게 제발 귀를 열어 말 좀 들으라고 윽박지를 때, 최 관장은 자신이 먼저 그들에게 귀를 열었다. 최 관장이 귀를 열어 들어 주며 고개를 끄덕이고 나면, 다음은 그들이 마음을 열 차례였다. 그것이 최 관장이 아이들과 소통하는 방법이었다. 마음을 열기 전엔 독화살이었던 똑같은 말, 그 지긋지긋한 잔소리가 마음을 연 후엔 자신들을 향한 사랑이라는 걸, 아이들도 깨달았다. 그들은 이제 말귀를 못 알아듣는 어린아이가 아니었으니까.

그들의 부모는 아이들이 삐딱해지는 이유를 친구를 잘못 만나서, 유혹으로 가득한 주변 환경이라서, 세상이 갈수록 흉흉해지는 데에서 찾았다. 하지만 아이들에게 들어 보면 이유는 똑같았다.

가족. 아이들이 그 안에서 어떤 위로도 받을 수 없다는 것이 유일한 이유였다. 가족에게 위로를 받기보다 상처를 받는 경우가 많았다. 원인이 가족이라면, 해답 또한 분명 가족 안에 있을 텐데, 부모들도 자식들도 모두 해답을 담장 밖에서만 찾으려 했다.

엄마가 마시던 술을 입에 댄 단아는 엄마가 술이 아닌 자신과 이야기하기를 바랐을 것이다. 쓴 이야기를 술로 쓰게 삼키지 말고, 딸 앞에서 쓰게 뱉어 내기를….

최 관장은 천천히 자신의 빈 잔에 술을 따랐다. 투명한 액체가 술잔을 가득 채웠다. 앞에 나란히 앉은 두 녀석의 텅 빈 마음도 좀 채워지기를, 그리고 자신이 이 아이들이 스스로 자신을 지켜 내는 모습을 끝까지 지켜볼 수 있기를 바랐다.

최 관장은 '수호 태권도'라는 이름을 여러 번 되뇌었다. 수호, 지키는 것. 싸워서 빼앗고, 부수고 깨트려 없애 버리는 것보다 더 어려운 것이 수호다. 최 관장이 바라는 것은 재하와 단아가 스스로 보호할 수 있도록 돕는 일이었다.

"단아야."

"네?"

"술 마시고 싶으면 수호로 와. 무슨 말인지 알지? 집에서 몰래 엄마 술 맛보지 말란 말이야."

"그냥 한번 호기심에 맛만 본 거예요, 뭘."

"그러니까. 할 말이 있으면 아니, 없어도 관장님 자주 찾아와. 알겠지?"

"…."

재하를 살려 냈던 그날 밤, 최 관장은 까무룩 쓰러져 죽은 듯이 잠든 단아를 업고 뛰었다. 그의 등에 뺨을 댄 단아는 쿵쿵 뛰는 그의 발걸음보다 더 빨리 뛰는 그의 심장을 느꼈다. 잠결이었지만, 심장 소리가 참 따뜻한 어른이었다.

"왜 대답 안 해?"

"네, 그럴게요. 헤헤."

단아는 고기가 구워지는 연기를 사이에 두고 관장님과 눈을 마주쳤다. 얼굴을 마주 대하니, 힘이 좀 생기는 것 같았다. 마침내 면접.

단아는 충전 중이었다. 우걱우걱 쌈을 입에 몰아넣으며, 최 관장의 얼굴을 마주 대하며, 몸도 마음도 그렇게 찬찬히 충전 중이었다.

용서

"재하야, 네 아버지가 또 편지 보내셨더라."

"…."

식사를 마치고 편의점 앞에서 아이스크림을 하나씩 사 입에 문 채로 셋은 나란히 공원 벤치에 앉았다. 최 관장이 입을 열었다.

"네가 읽지 않을 것 같아서 내가 뜯어 봤어. 잘 지내신대. 네가 한번 다녀갔으면 하시더라."

"안 가요."

"알아, 인마. 누가 너더러 가래?"

"…."

"편지가 숱하게 와서 쌓이는데 너는 뜯어 볼 생각도 없고…. 내가 대신 뜯어 봤어. 봤는데 안 본 척할 수가 없어서…. 거짓말

하는 것 같잖아. 그래서 말해 준 것뿐이야. 그냥, 그런 줄 알아."

"그깟 편지, 앞으로는 그냥 찢어 버리세요."

"그래, 그러마. 앞으로는 그렇게 할게. 네가 그러라고 하면 그렇게 할게."

"관장님, 저는 지금 이대로가 좋아요. 그냥 고아로, 처음부터 아빠 따위는 없었던 것처럼 그냥 이렇게 살고 싶어요."

"그래, 알았다. 그렇게 해. 재하야, 애쓰지 마. 뭐든 억지로 애쓸 필요는 없어. 아빠를 지우는 것도 마찬가지야. 억지로 애쓰면서, 네 마음 상해 가면서 억지로 그럴 필요는 없다는 뜻이야. 무슨 말인지 알아들어?"

"네. 아시잖아요. 전 더 상할 마음도 없는 걸요, 뭘."

"자식, 없기는…. 네 마음은 아직 말랑말랑할 때야. 말랑말랑한 마음은 억지로 쓰면 금방 상해. 상처가 훅훅 패여. 그러니 그냥 놔둬. 마음 가는 대로, 네 마음이 시키는 대로. 알겠지?"

"너무 걱정하지 마세요. 전 이제 다 괜찮아졌어요. 억지로 애쓸 일도 없어요. 인제 다 나았으니까요."

"야 인마, 세상에 괜찮은 상처는 없어. 다 나아지는 상처도 없고. 지금 당장 피가 뚝뚝 흐르지 않으니 다 나았다고 여겨지기도 하지. 하지만 모든 상처는 다 흉터를 남겨. 잊은 듯해도 다시 떠오르고 또 떠오르고. 그러니 잊으려는 것도 억지로 하지 마. 잊는다고 없었던 일이 되는 건 아니니까. 그냥 받아들여. 그 상처도 흉터도 다 네 것으로."

"걱정하지 마시라니까요. 헤헤."

"웃지 마, 인마. 웃지 말고 좀 울어. 너 애늙은이처럼 굴 때마다 내 속이 아주 그냥 쿡쿡 쑤셔. 막 아파. 알겠냐?"

"…."

"울어. 화가 나도 울고, 미워도 울고, 못 참겠어도 그냥 울어. 제발 좀 그냥 울어."

"관장님은 왜 만날 저더러 울라고 그러세요? 단아도 있는데…. 저 진짜 아무렇지도 않다니까요."

저도 모르게 나오려는 눈물을 삼키려는 듯 재하가 하늘을 올려다봤다. 입술을 깨물며 주먹을 꼭 쥐고 있는 재하의 손을 단아가 포개 잡았다.

'도대체 이 아이는 언제까지 아파야 하는 걸까?'

단아는 꽉 쥔 재하의 주먹을 손가락 하나하나 더듬어 펴 주었다.

"재하야, 늦었어. 집에 갈래. 나 인강 들어야 해."

"그래, 데려다줄게. 관장님 단아 데려다주고 들어갈게요."

"그래. 나도 들어가서 빨래나 좀 해야겠다. 먼저 간다."

"관장님, 안녕히 가세요."

"들어가 계세요."

늘 앞서 걷던 단아가 재하 곁에 나란히 섰다. 단아는 재하의 후드 티셔츠 주머니에 손을 집어넣어 재하의 손을 잡았다. 아무 말 하지 않아도 그것이 위로라는 걸 재하는 안다.

"단아야….."

"응?"

"내가 그 사람을 용서해야 한다고 생각해?"

"아니."

"…."

"재하야….."

"응?"

"난 네가 그 사람 용서하지 않았으면 좋겠어. 그 사람 때문에 네가 또 착해지는 게 싫어. 너만 왜 자꾸 착해야 해? 실은 착한 게 아니야. 더 나빠지는 거지. 그러니까 우리 착해지려고 너무 애쓰지 말자."

"…."

"재하야….. 어른들이 말하는 '착한 아이'가 되라는 말, 난 그 말이 참 싫어. 그 말 족쇄 같아. 내 상처고 뭐고 다 그 착한 방에 가두고 꾹 참게 하는 족쇄. 참아 내기가 얼마나 힘든지 알지 못하는 어른들의 그냥 흔한 말."

"단아야, 나 용서할 수 없어. 아니, 용서하기 싫어."

"응. 하지 마, 용서. 용서하지 말자."

재하는 주머니 속의 단아의 작은 손을 꼭 다잡았다. 절대로 그런 일은 없을 거라는 듯이.

10여 년이 지난 일이라고는 하지만, 재하에게는 어제처럼 생생했다. 10년 전 그에게 맞은 명치께가 숨이 막힐 듯 답답해지곤 했다. 가끔 불안증이 찾아오면 등줄기에 식은땀이 흐르고 제대로 숨을 쉴 수조차 없었다. 여전히 아프다. 여전히 피가 흐른다. 평생 지울 수 없을지도 모른다. 부모 자식 사이라고 해서 누구도 재하에게 용서를 강요할 수는 없는 일이었다. 재하가 원해서 죽이고 죽임을 당할 부모를 선택한 것은 아니니까. 이 세상엔 마음대로 상처를 줘도 되는 아이는 없다. 그렇게 태어나는 생명은 없다.

그저 상처라고 부르기엔 재하가 겪은 경험은 끔찍했다. 손끝이 베인 것도 상처고, 갈가리 찢긴 것도 똑같이 상처라지만 그 고통을 어떻게 다 똑같다 할 수 있을까. 재하는 죽어서도, 죽어서 엄마를 다시 만나 엄마가 "네 아버지 그렇게 나쁜 사람은 아니었어"라고 그 바보 같은 말을 또다시 뱉어 낸다고 해도, 재하는 그를 용서할 마음이 없었다. 재하에게 그는 누구 하나 죽어야 끝나는 악몽으로 가족들을 몰아넣은 살인자, 그 이상도 이하도 아니었으니까.

"넌? 넌 좀 어때? 꿈은? 여전한 거야?"

"응."

"뭐 좀 별다른 걸 본 건 없고? 뭐든 단서가 될 만한 걸 찾아야 하는데….”

“없어.”

단아가 고개를 힘없이 저었다.

“그냥 다 끔찍해. 주위를 둘러볼 수도 없어. 보이는 것도, 들리는 것도, 냄새마저도 그냥 지옥 같아.”

단아는 자신이 꿈속에서 본 끔찍한 장면들을 재하에게 설명했다. 수습할 수 없는 시신들에 대해서도.

“너 괜찮아?”

“처음엔 속도 안 좋고, 정말 미칠 것 같았는데 이제 괜찮아. 그 아이도 자꾸만 눈을 감고 걸어. 못 보겠는 거지. 맞아, 차마 볼 수가 없어. 우리가 영화에서 보던 전쟁과는 달라. 많이 달라. 정말 너무 끔찍해.”

“그 아이에게서 뭐 느껴지는 건 없고?”

어쩌다 혼자 남았는지 알 수 없지만, 오빠가 있었던 것 같다고 단아가 말했다. 팔이 잘린 소년의 시신을 보고 소녀가 오열했던 것을 이야기했다. 그 아이에겐 늘 절절한 그리움이 느껴지는데, 아마도 오빠를 보고 싶어 하는 것 같다고.

“오빠라….”

“근데 재하야, 왜 70년도 더 된 전쟁 속일까? 그 아이가 살아 있다고 해도 여든 살쯤 된 할머니일 텐데…. 어린아이의 얼굴만으로 할머니를 어떻게 찾아?”

"좀 더 기다려 보면 뭔가 단서가 잡히지 않을까? 힘들겠지만 좀 더 버텨 보자."

"그래. 그런데 사실 난 도무지…. 이번엔 너무 캄캄해. 이곳에서 그 아이를 찾는 건 불가능한 일인 것 같아. 그 아이가 아직 살아 있을 것 같지도 않고."

"단아야, 내가 어떻게든 찾아낼게. 소녀든 할머니든. 내가 반드시 찾아낼 거야. 넌 뭐든 숨기지 말고 다 말해 줘야 해. 그것만 약속해."

"알겠어."

꿈에 대한 기억을 더듬어 재하에게 전해 주던 단아가 잠깐 다른 생각에 빠진 듯했다.

"단아야, 왜? 무슨 생각 해? 뭐가 또 생각나?"

"아니, 그냥…. 그곳이든 이곳이든, 난 그 아이가 죽어 버릴까 봐 무서워. 그 아이가 죽고, 그 아이가 죽으면 또 나도 죽어 버릴까 봐 두려워. 너무 힘들 땐 그냥 콱 죽고 싶다가도, 죽는다는 게 무섭기도 해."

"야! 백단아! 너 왜 그런 말을 해? 네가 죽긴 왜 죽냐? 그리고 죽고 싶다니? 그럼 나는? 단아야, 너 다시는 그런 말 하지 마. 알겠어? 내가 반드시 찾아낸다니까. 날 믿어. 알았지?"

"아무래도 그 아이는 정말 죽은 아이 같단 말이야. 아니, 정말로 죽은 아이야. 분명해."

"왜? 꿈속에서는 아직 살아 있잖아. 근데 왜 죽은 아이라는 거야?"

"모르겠어. 그냥, 느낌이 그래. 그동안에 찾아낸 꿈속의 사람들과는 달라. 살아 있는 것 같지 않아. 그 아이 곁에서 걸으면 싸늘해. 살아 있는 사람의 기운이 아닌 것 같아."

"흠…. 단아야, 일단 좀 더 기다려 보자. 마음 단단히 먹고 죽는다 어쩐다, 그런 말 하지 말고. 알겠지?"

"응…."

재하는 답답했다. 죽은 아이인 것 같다니…. 그럼 정말 찾을 수 없다는 것일까? 찾을 수 없다면 단아의 악몽은 끝나지 않는 것일까? 정말 무당굿이라도 해야 하는 걸까? 단아를 이대로 둘 수 없는 재하는 자꾸만 조바심이 났다. 재하의 마음을 읽기라도 했는지, 단아가 멋쩍게 웃으며 말을 건넸다.

"너무 걱정 마. 시작이 있었으니 끝도 있겠지. 안 그래?"

"그래. 너도 좀 쉬어. 아휴, 우리 단아 얼굴이 이게 뭐야. 안쓰러워 죽겠네."

"걱정하지 말라니까! 나 들어간다. 안녕!"

단아가 아파트 현관으로 사라진 후에 재하는 머리를 쥐어 뜯었다.

"에잇, 젠장!"

일곱 살 때도, 10년이 지난 지금도, 재하는 스스로 해결할 수 있는 일이 없는 자신이 못마땅했다. 엄마를 지키지 못했던 그때처럼, 단아를 위해 아무것도 하지 못하는 자신이 어쩐지 그때보다 조금도 자라지 않은 것 같았다. 단아를 지키지 못하게 될까 봐 재하는 미치도록 화가 났다.

집으로 올라갈 엘리베이터를 기다리며 단아는 재하에게 편지를 보냈다는 재하의 아빠를 생각했다.

'이제 와 무슨 염치로 편지를 보낸 걸까? 편지에는 무슨 말이 쓰여 있었을까? 다녀가라고? 어딜? 엄마를 죽인 자신을 면회 와 달라는 소린가? 그 사람 정말 제정신이 아닌 게 확실해. 어떻게 재하에게 그런 부탁을…. 정말 용서할 수 없는 사람.'

단아는 어린 날 꿈속에서 보았던 그의 커다란 손이 떠올랐다. 어린 단아는 그가 재하의 아빠라는 것을 믿을 수 없었다. 단아의 기억 속에 그는 끔찍한 악당이었다. 재하를 막아선 단아를 뚫고 커다란 손을 재하를 향해 내뻗던 악당. 단아는 10년이 지난 지금도 그 장면이 여전히 생생하게 그려져 눈을 질끈 감았다. 그의 발길질, 창자가 뒤틀리고 숨을 쉴 수 없었던 고통, 온몸이 시퍼렇게 멍든 재하의 엄마가 눈이 뒤집혀 까무룩 쓰러지던 모습, 그런데도 꼼짝없이 웅크리고 있어야 했던 재하. 재하는 그를 절대 용서할 수 없을 것이다. 아니, 용서해서는 안 된다. 아무리 피를 나눈 아빠라 해도, 아니 아빠이기에 더더욱 용서할 수 없다고 단아는 이를 꼭 물었다.

'아빠…. 그래, 아빠라서 용서할 수 없는 거야.'

단아에게 아빠는 해가 질 무렵 노을의 이미지였다.

어린 날, 어린이집에서 저녁을 먹고 기다려도 아무도 자신을 데리러 오지 않았다. 선생님들의 한숨이 단아에게 닿을 때마다 단아는 장난감을 만지던 손을 꼼지락거렸다. 어쩐지 주눅이 들었다. 현관 벨 소리가 울리면 단아는 현관 쪽으로 뛰어갔다. 하지만 그곳엔 단아가 기다리던 아빠는 없었다.

"아빠!"

단아의 아빠가 아닌 마지막까지 함께 남아 있던 친구의 아빠였다. 넥타이를 맨 품이 넓은 아저씨가 양팔을 활짝 벌려 친구를 안아 올렸다. 선생님은 그의 커다란 손에 달랑달랑 작은 어린이집 가방을 들려 주었다.

"늦어서 죄송해요. 매번 너무 감사드려요."

그가 고개 숙여 인사를 하면, 선생님은 환한 미소와 함께 손을 휘저었다. 선생님의 한숨은 오롯이 단아의 몫이었다는 듯이. 눈치를 보던 단아가 애꿎은 손가락만 쪽쪽 빨고 있을 때, 친구의 아빠 등 뒤엔 노을이 빨갛게 하늘을 물들이고 있었다. 친구가 "단아야, 안녕!" 하고 손을 흔들었지만, 단아는 그냥 고개를 돌렸다. 노을 색을 닮은 따뜻한 아빠의 품에 안긴 친구가 어쩐지 미워졌다.

단아도 달려가 아빠의 품에 안겨 보고 싶었다. 하지만 단아에겐 좀처럼 그런 기회가 오질 않았다. 아빠 대신 엄마의 품으로 파고들면 엄마에게선 늘 술 냄새가 났다. 그리고 엄마는 자다가도 자꾸만 흐느꼈다. 엄마가 울면 단아의 마음도 젖어 들었다. 엄마를 슬프게 하는 아빠를 미워해야 할 것 같은데, 자꾸만 아빠가 그리워져서 단아는 엄마 눈을 똑바로 바라볼 수가 없었다.

어쩌다가 한 번씩 집에 머무르는 아빠는 커다랗게 큰 사람이었다. 단아의 아빠는 키도 크고 덩치도 좋았고, 많은 사람이 부러워하는 직업을 가졌다. 그야말로 남들에게 호걸이라 불릴 만한 인물이었다. 호탕하게 웃었고, 남에게 생색내며 베푸는 것을 좋아했다. 단아에게도 가끔 볼 때마다 현금을 두둑이 쥐여 주곤 했다.

"친구들한테 맛있는 것도 사 주고 그래. 그래야 곁에 친구가 있는 거야. 알겠어?"

단아의 아빠는 돈으로 친구도 사고, 딸도 살 수 있다고 믿는 듯했다. 단아는 아빠가 용돈 대신 차라리 제일 친한 친구 이름이 뭐냐고 물어봤다면, 아빠에 대한 원망을 조금 거둬들일 수 있었을 거란 생각을 했다.

단아의 아빠는 가끔 많은 사람이 모인 자리에서는 어이없게도 자신이 '딸바보'로 보이길 바랐다. 돈으로 딸을 사려는 사람이, 그 딸을 자신의 이미지 관리에 이용하는 꼴을 보는 게 단아는 역겨웠다. 단아는 왜 아빠가 남들에게 다정하고 따뜻한 사람으로 보이기 위해 자신을 이용하는지, 왜 이렇게까지 잔인하게 구는 것인지 이해할 수 없었다. 아빠의 핸드폰 배경 화면엔 단아의 사진이 있었고, 단아의 생일엔 빠짐없이 값비싼 명품을 선물로 보냈다. 하지만 단아는 단 한 번도 아빠에게서 아빠다운 다정함과 따뜻함을 느낀 적이 없다. '딸'도 '딸바보'도 돈으로 살 수 있는 것이 아니었으니까.

식탁 위엔 엄마가 마시고 치우지 않은 술병들이 그대로 뒹굴고 있었다. 엄마는 외출해서도 술을 마시고, 집에서도 술을 마셨다. 밥 대신 술병을 꺼냈고, 종일 취해 지냈다. 취할 때까지 술을 마시고, 취해서도 술을 마셨다. 어렸을 땐, 엄마가 저러다 죽을까 봐 두려웠다. 하지만 지금은 엄마가 술 때문에 살아 있다는 것을 안다.

"엄마, 들어가서 자. 왜 여기서 이러고 있어?"

"으…. 응? 우리 딸, 왔어? 저녁 맛있게 먹었어?"

"응. 먹었어. 얼른 들어가서 자."

"우리 딸. 내 보물, 내 사랑. 이리 와 봐. 엄마가 한번 안아 보자, 우리 딸."

"얼른 일어나. 들어가서 자라고!"

단아는 엄마를 부축해 침대에 눕혔다. 엄마는 침대에 픽 쓰러지며 깔깔 웃었다.

"역시, 우리 딸밖에 없어. 엄마는 정말 우리 단아 때문에 산다. 콱 죽고 싶어도, 우리 단아 때문에…. 우리 단아 때문에 살아, 내가."

'또 저 소리….'

단아는 자신 때문에 산다는 엄마의 저 끔찍한 소리가 듣기 싫어 문을 꾹 눌러 닫았다. 어지럽혀진 식탁을 정리하며, 단아는 이 술병들을 죄다 집어 던지고 싶은 충동을 느꼈다. 술병들을 산산조각이 나도록 죄다 깨트려 버리고, 유리 파편에 온몸이 찔려 피를 질질 흘리고 싶었다. 목구멍에서 피를 토할 때까지 소리를 지르고, 손에 집히는 모든 것들을 다 집어던지고 싶었다. 이렇게 답답한 마음을 움켜쥐고 사느니, 그냥 다 쥐어뜯고 터트려 버리고 싶었다.

"하아…."

싱크대에 남은 술을 졸졸 따르던 단아는 술병을 입으로 가져갔다. 뜨거운 액체가 목 줄기를 따라 꿀렁꿀렁 넘어가 가슴에 쌓인다. 답답함이 터져 버리기는커녕, 답답함에 불이 붙어 번지는 느낌이었다. 그 쓴 액체를 다 삼키자 입가에 그저 쓴웃음만 묻어났다.

어른들은 아이들을 바깥세상으로부터 보호하고 싶어 한다. 유해한 환경이 자식들을 물들이고, 다치게 할까 걱정한다. 하지만 그들이 가진 대부분의 상처는 안에서 시작된 것이다. 가장 가까운 사람, 가족으로부터 아이들은 첫 상처를 경험하고 그 상처가 또 다른 상처를 가져온다. 아이가 자라 어른이 되었을 텐데, 그 어른이 또다시 아이에게 상처를 물려주는 꼴이다. 어른들은 왜 자신들의 상처를 되짚어 보지 않는 걸까?

단아는 불타는 듯한 가슴에 차가운 물을 들이부으며 다짐했다. 똑같은 어른이 될 바에는 그냥 여기서 멈춰 버리겠다고.

꽉 깨문 입술에서 비릿한 피비린내가 났다.

봄, 누구에게나 봄

　어느덧 통통하게 살이 오른 나뭇가지의 꽃망울이 하나둘씩 터지고 있었다. 한껏 부풀어 오른 꽃망울은 고소한 팝콘을 닮았고, 이제 막 피어난 꽃은 작은 별을 닮았다. 하나둘 작은 별이 모여 나뭇가지에 한가득 꽃을 다 피우면 파란 하늘에 눈부신 연분홍 꽃 잔치가 벌어질 참이었다. 재하는 저 꽃이 다 피고 지기 전까지 반드시 단아를 악몽에서 끄집어내야겠다고 다짐했다. 파란 하늘을 수놓는 꽃의 축제를 단아와 홀가분한 마음으로 즐겨야 하니까.

　재하는 오늘도 학교 수업을 마치자마자 노인 복지 센터로 달려왔다. 곧 있을 행사의 자리를 마련한다는 핑계였다. 봄을 맞아 노인 복지 센터의 어르신들을 위한 지역 행사가 열릴 예정이었다. 수호 태권도 시범단도 태권도 시범 공연을 준비 중이었다. 재하는 현수막을 걸 자리를 미리 봐 두고, 의자가 깔릴 자리, 휠체어가 오갈 자리들을 꼼꼼히 살폈다. 그러고는 서둘러 할머니들 방을 찾았다. 요즘 재하는 할머니들 방을 돌며 전쟁 이야기를 듣는다. 작은 수첩에 메모까지 해 가며. 단아의 꿈을 좇는 재하의 방식이었다.

여태껏 단아를 괴롭히는 꿈을 재하는 이렇게 뒤쫓았다. 꿈속의 단아와 꿈 밖의 재하가 하나가 되어 그 뒤를 밟았다. 단아의 꿈속에서 학교 폭력에 시달리던 아이, 성적을 비관해 아파트 옥상에서 뛰어내리려던 아이를 재하는 현실의 세계에서 끝내 찾아냈다. 달리 비법이 있었던 것은 아니다. 단아의 이야기를 하나도 빠짐없이 귀 기울여 들었다. 그리고 재하는 마치 자신이 꾼 꿈인 양 그 꿈속을 샅샅이 되짚었다. 혹여 하나라도 놓칠세라 똑같은 꿈 이야기를 반복해서 듣기 위해 단아를 조르고 또 졸랐다. 그렇게 집요하게 뒤쫓아 결국 재하는 단서를 찾아냈다.

학교 폭력에 시달리던 아이를 찾을 땐 단아가 꿈속에서 본 교복의 마크가 단서가 되었다. 재하는 그게 어느 학교 마크인지 찾아내기 위해 전국의 중학교 홈페이지를 거의 다 뒤져야 했다. 기어이 찾아낼 때까지 재하는 포기하지 않았다. 뜬눈으로 날을 새우기를 수없이 반복했다. 재하가 찾아내야 단아가 잠을 잘 수 있었으니까.

성적을 비관해 아파트 옥상에서 뛰어내리려던 아이를 찾는
데는 더 오랜 시간이 걸렸다. 단아가 꿈에서 본 장면에서는 교
복 마크가 보이지도 않았고, 교복 디자인은 너무 흔했다. 그 아
이에 대해 알 수 있는 것은 당장이라도 쓰러질 것 같은 여리고
작은 어깨뿐이었다. 하지만 재하는 아파트 옥상에서 내려다본
교회의 전광판을 단서 삼아 기어코 그 아이를 찾아냈다. 재하
는 그렇게 고통 속의 아이들을 구했고, 단아를 지켜 냈다.

하지만 지금 단아는 70여 년 전의 전쟁 속에 있다. 단서를
찾기가 쉽지 않다. 게다가 단아는 꿈속의 소녀가 죽은 아이인
것 같다고 했다. 막막했다. 하지만 그렇다고 가만히 있을 수는
없었다. 누구인지만 알게 되면, 뭐라도 찾을 수 있다면 재하는
무덤이라도 뒤질 수 있다고 생각했다. 단아가 매일 말라 가고
있었으니까. 어떻게든 단아의 꿈속으로 쫓아 들어가 그 고통을
함께하고 싶었다. 그곳이 정말 지옥이라고 하더라도. 하지만
재하가 할 수 있는 것이라고는 할머니들 방을 돌고 돌며 그 지
옥 같은 전쟁에 관해 묻고 또 묻는 것뿐이었다.

재하는 오늘도 할머니들의 이야기에 귀를 기울였다. 제발
뭐라도 얻어걸렸으면 하는 심정으로.

"하이고, 내는 그때 핏덩이였던 기라."

"핏덩이요?"

"그래. 우리 어무이가 내를 낳고 삼칠일도 안 지났는데, 우야 겠노. 난리 통에 짐을 싸가 핏덩이인 내를 안고 도망가는 기라."

순정 할머니는 전쟁이 나던 해에 태어났다. 전쟁이 나라를 뒤집었고, 아까운 목숨이 숱하게 죽어 나갔다고 했다.

"죽음이 휩쓸고 있는 전쟁터에서 이제 막 세상에 빛을 본 새로운 목숨이라 카는 기 뭐 얼마나 대단할 것이 있었겠노. 파리 목숨맹키로 가벼웠지. 우야튼동 그래도 울 어매가 나를 살리겠다고 우예든 내한테 나오지도 않는 젖을 수시로 물렸단다. 그란데 울 어매가 내헌티 젖 물리는 것을 보고, 저짝에서 머리 허연 할매 하나가 다급하게 다가와 젖동냥을 하는 기라. 우리 엄니가 보니까 참말로 사정이 딱한 기라. 자슥이고 며느리고 다 폭탄 맞아 죽어 뿔고, 핏줄이라고는 손주 하나만 덜렁 남아 가…. 그 사연이 하두 불쌍해 가 울 엄니가 내 젖을 한 번 나눠 줬는데, 전쟁 통에 우리 어매도 뭐 제대로 먹은 게 있어야 말이지. 내 자식 먹이기도 아까우니 암만 불쌍해도 더는 줄 수가 없더란다. 먹는 거라 봐야 볶은 곡식이 전부 아니었겠나."

"볶은 곡식이요?"

단아의 꿈에서도 지나가던 아낙이 소녀에게 볶은 곡식을 나눠 줬다고 했다.

재하는 다시 물었다.

"할머니, 볶은 곡식이 뭐예요?"

순정 할머니의 이야기를 듣고 있던 춘희 할머니가 이야기를 거들었다.

"난리 통에 떡을 해 가졌어, 밥을 해 가졌어. 당장 도망은 가야졌지, 뭐 별 수 있능가? 미숫가루 만드는 것처럼 집에 있는 온갖 잡곡을 콩이든 보리든 뭐든 그냥 한 군데 모아 가 대충 다 볶는 거여. 그라고서는 그걸 끼니 삼아 그냥 먹는 거제. 한 줌씩 주워 먹으며 대충 속을 달래고 걷고 또 걸으며 피란을 했어. 그땐 다 그랬어. 밥이고 뭐고 싸간들 다 쉬어 버리고 상하니께. 짐도 덜고 오래 먹을라믄 그게 젤로 수월항께."

"아…. 그렇구나. 순정 할머니, 그래서요? 그래서 어떻게 되었어요?"

"젖을 더는 못 준다 캐도 그 할매가 계속 쫓아와 가 우리 어매더러 젖을 좀 달라고 사정사정하더니, 나중에는 고마 아예 아를 바꾸자 카더란다."

"예에?"

"딸자식 키워 봐야 워따 쓰냐고, 자기 손자 줄 테니 젖 먹여 키워 달람서 자식을 바꾸자 했다는 게야. 그 말인즉, 나는 그냥 죽이잔 말이나 다를 바가 없지 않겠나? 우리 어매가 속에서 막 뜨거운 게 끓어올라 가, 나이도 많은 그 할매한테 노망난 할망구라고 소리소리 지르면서 재수 없다고 침을 뱉고 곁에 오지 말라고 난리를 쳤다 안 카나. 그제야 그 할매가 더는 안 쫓아왔다 카대. 하이고오. 울 어매가 내를 그리 살렸다. 이제 저승 가면 그리운 울 어매 만나려나."

"아무리 그래도 그렇지 어떻게 자식을 바꾸자고 해요?"

"자기 새끼 살려야겠으니, 넘의 새끼는 죽등가 말등가 눈이 뒤집힌 거 아니겠나?"

"자식을 바꾸면 영영 못 보고 살 수도 있는 거잖아요. 난리 통에…. 안 그래요?"

"못 봐도 우야겠노? 당장 언제 죽을지도 모르는 내 새끼, 굶어 죽이는 것보다야 못 보고 사는 게 그나마 낫다고 생각했겠지. 안 글나?"

"아니, 그래도…."

"그 할매, 자기 목숨 주고 손주 살린다 캤으면, 그 자리에서 혀 깨물고 죽었을 기야. 부모 자식이 다 그런 기라. 핏줄이 그리 무서븐 기고. 우리 어매한테는 내가 핏줄이고, 우리 어매도 그렇게 목숨 걸고 나를 지킨 거지. 다들 미쳐 가면서도 새끼는 지키려고 했던 기야. 봐라. 짐승도 지 새끼는 악을 쓰고 지켜 내지 않나."

"아니, 그래도…. 자기 새끼 귀하면, 남의 새끼도 귀한 거잖아요."

"그 난리 통에 제정신인 사람이 뭐 얼마나 되었겠나? 다들 미쳐 가 짐승만도 못한 인간이 되고 그라는 기지."

춘희 할머니가 고개를 끄덕였다.

"하믄. 미쳐서 난 전쟁이고, 전쟁이 다 미치게 만들고 그랬응께. 너도나도 죽이고, 왜 죽이는지도 모르고 죽이고, 왜 죽는지도 모르고 죽고."

재하는 모두가 미쳐 가는 전쟁의 한가운데를 걷고 있는 단아를 떠올렸다. 하루하루 퀭하게 회색빛이 되어 가는 단아의 얼굴. 단아를 어서 그곳에서 데려와야 했다.

"춘희 할머니, 할머니는 뭐 생각나는 거 없으세요?"

"나는 뭐…. 동네 아재들이 다 죽었어. 전쟁은 피바람이 휩쓸고 지나간 기억뿐이야. 아주 무섭고 끔찍했어."

"왜요? 다들 피란을 안 했어요? 왜 다 죽었어요?"

"피란? 도망했지. 더는 내려갈 곳이 없다고 해서 그저 집을 지키며 죽겠다는 이들은 남아 있었고. 그래도 앉은 채로 죽을 수는 없다고 짐을 싸서 도망갈 사람은 또 다 도망했지. 그렇다고 뭐 하늘이 내린 죽음의 기운을 감당할 도리가 있었겠능가. 도망간 사람은 도망치다가도 죽고, 남아 있는 사람은 남아 있어서 죽었어. 돌아온 사람은 또 돌아와서 죽었고, 죽었는지 살았는지도 모르게 사라진 사람들도 시방 숱하고. 소식 끊긴 사람들… 그 사람들도 죄다 죽었겠지. 산에 들어가 숨었다가 잡히 와 죽고, 또 산에 들어가서 싸우다가도 죽고, 인민군이 내려와 반동분자라고 죽이고, 우리 군인들은 또 빨갱이라 함시롱 죽이고…. 온통 피비린내였지. 무서워. 아주 끔찍했어. 우리 마을 커다란 나무 아래에서 총살당한 아재들 시신은 거두지도 못했어. 까마귀가 내려앉아 눈알을 파먹고, 시신이 다 썩어 가도 누구 하나 그 시신을 수습을 못했으야. 무서웠거든. 나도 저리 될까 봐. 마을 인심이 흉흉했어. 일본 놈들이 있을 때엔 그래도 우리끼리 한통속이었는데 전쟁 통엔 우리끼리도 살벌했응께."

춘희 할머니의 얼굴이 찌푸려지며 주름이 더 깊어졌다.

"울 어매 말이, 우리 아부지는 일찌감치 저세상에 갔으니 그 난리 통에 우리 집 식구들은, 그래 봐야 뭐 아그들뿐이었지만 그려도 무사했는디, 집집마다 초상을 치르지 않은 집이 없었디야. 그런데 그렇게 사람이 다 죽어 나가도 산 사람은 살아야 했을 거여. 핏물이 홍건하게 지나간 땅에서 또 김을 매고, 곡식을 털고…. 살아남은 사람들은 또 그렇게 살아가는 거제. 이 집이고 저 집이고 멀쩡한 집이 없었는데, 특히나 우리 마을 지주네 집은 완전히 쑥대밭이 된 거라. 대대손손 수백 년을 버틴 고래 등 같은 집이 줄줄이 줄초상을 치르고 폭삭 무너진 거여. 곳간이고 뭐고 다 털리고…. 안방마님은 결이 고운 마을의 큰 어른이셨는디, 다들 무서워서 문상도 못 갔제. 울 어매는 돌아가실 때꺼정 두고두고 그 집 야그를 혔어. 그 와중에도 안방마님이 목숨을 걸고 우리 집 쌀 팔아 줄 걱정을 했다고."

"왜요? 왜 그렇게 도와주신 거래요?"

"울 아부지가 그 집 머슴을 살았었는디, 마님이 울 아부지 돌아가신 후로도 식구처럼 챙겨 주셨디야. 집안이 쑥대밭이 되고서도 콩 한 조각이라도 나눠 주셨다더라고. 피 한 방울 안 섞였어도 마님 돌아가실 때꺼정 나랑 우리 오라비를 자슥처럼 살펴봐 주셨디야. 그 집 도련님이 월북을 했다나 어쨌다나. 나가 죽은 다음에 그 집 식구들 만나믄 큰절이라도 올려야제. 그게 사람 된 도리니께. 어렴풋이 마님 치맛자락은 생각이 나는데, 죽어서 저세상서는 알아볼 수 있을랑가….."

제 피붙이를 살리겠다고 인면수심이 되기도 하고, 사람 된 도리를 하겠다고 피 한 방울 안 섞인 이들을 끝까지 살피는 것이 또한 전쟁이라니. 재하는 전쟁 속 혼란을 조금도 이해할 수가 없었다. 단아의 꿈속을 직접 걷다 보면 조금은 알게 될까?

재하는 방 한쪽에서 조용히 혼자 색칠 공부를 하는 동백이 할머니에게 다가갔다.

"동백이 할머니, 할머니는 뭐 생각나는 거 없으세요?"

"나는 몰라."

정신이 오락가락하는 동백이 할머니는 색칠 공부 스케치북에 색칠을 하고 있었다. 연못에 핀 환한 연꽃 그림이었는데, 꽃잎을 아주 새빨갛게 칠하고 있었다. 연꽃이 아니라 마치 동백꽃처럼.

"동백이, 저이는 부산서 나고 자랐다 카드라."

순정이 할머니가 말을 이었다.

"아, 부산이요?"

"그래. 부산은 그래도 총질이 있고, 폭탄이 터지고 그라지는 않았지. 나는 집이고 논밭이고 다 잃어뿔고, 그 귀한 소도 군인들이 다 잡아뭇다 안 했나. 하이고, 집으로 돌아오니 먹고 살기가 어찌나 막막하던지…. 그래도 부산서 나고 자란 이들은 그 고생은 좀 덜했지 싶어. 하기사 그 난리 통에 다들 고생을 하기는 했지, 서울서 떵떵거리며 살던 인간들 아니고서야…."

"아이다! 나도 아팠다. 나도 여가, 여가 아팠다고!"

느닷없이 동백이 할머니가 소리를 질렀다. 빨간 크레파스로 가슴께를 벅벅 문지르며. 할머니가 입고 있는 꽃무늬 티셔츠 위로 빨간색이 엉망으로 덧씌워졌다.

"아팠어! 숨도 못 쉬게 아팠어! 너무 아팠다고! 함부로 말하지 마라! 아팠어! 많이 아팠어! 나도 많이 아팠다고!"

할머니가 고함을 치기 시작했다. 할머니의 발작이 시작되자, 재하가 벌떡 일어나 할머니를 안았다.

"우리 동백이 할머니, 많이 아프셨구나. 얼마나 아팠을까. 말도 못 하게 아팠지요? 숨도 못 쉬게 아팠지요? 꼭 죽는 줄 알았지요? 알아요, 할머니. 알고말고요. 그러니 인제 그만하세요."

재하는 할머니의 등을 쓰다듬으며 진정시켰다. 재하는 복지 센터를 오가며 치매 때문에, 섬망 때문에 정신이 오락가락

하는 노인들을 많이 봐 왔다. 그저 안아 주고, 고개를 끄덕이며 뭐든 다 들어주고 인정해 주며 그 마음을 달래는 것이 우선이라고 생각했다. 어린아이에게 하듯이. 물론 그 방법이 언제나 통하는 것은 아니었지만. 치매나 섬망 상태에서 노인들은 순간적으로 감정이 튀어 올라 감당하기 어려울 정도로 소리치기도 했고, 느닷없이 오열하기도 했다. 또 헛것을 본 듯 행동하기도 했다. 어린아이도 하지 않을 행동들 가령, 아무 곳에나 마구 침을 뱉거나 바닥을 뒹굴기도 했고, 또 부끄러움 없이 옷을 죄다 벗어젖히기도 했다. 차분히 달랠 수 없는 상황들이 많았다. 힘으로도 제압하기가 버거웠다. 그럴 땐 뼈만 앙상하게 남은 노인의 몸에서 어쩜 이토록 강한 힘이 뻗쳐 나오는지 재하는 의문이 들었고, 그런 상황과 마주하는 것이 겁이 났다.

"동백이 할머니, 제가 다 알아요. 재하는 다 안다니까요. 정말이에요."

재하가 차분히 동백이 할머니를 달랬다.

"많이 아팠어. 끔찍하게 무서웠어. 보고 싶었어. 너무 보고 싶었어."

"그랬구나. 보고 싶었구나. 누가 그렇게 보고 싶었어요?"

"몰라…."

"괜찮아요. 이제는 다 괜찮아졌어요. 그렇지요?"

"아냐, 무서워. 보고 싶어. 무섭게 보고 싶어."

"아이고, 우리 할머니. 우리 동백이 할머니….."

한참 동안 재하는 할머니의 등을 쓰다듬었다. 그렇게 재하에게 안겨 있던 할머니가 눈을 끔뻑거리며 재하를 바라봤다. 정신이 조금 돌아왔는지, 까칠하게 주름진 손으로 재하의 얼굴을 쓰다듬으며 옅은 미소를 지었다.

"네 이름이 뭐라꼬?"

"재하요. 김재하."

"재하…."

"왜요, 할머니?"

"재하야, 이놈아! 너도 장가가야지. 언제 장가갈 거야?"

"벌써요? 할머니, 저 벌써 장가가도 돼요?"

"그럼. 가야지, 얼른 가야지!"

"에이, 할머니. 제 나이가 몇인데 벌써 장가를 가요? 이제 열일곱 살인데요? 대학도 가고, 돈도 벌어야 장가를 가죠."

"다 필요 없어. 장가부텀 가. 얼라들도 마이 낳고, 이 좋은 세상 알콩달콩 즐기며 살아."

"요즘은 아이 많이 낳으면 힘들어서 못 살아요. 먹고 사느라 즐길 틈이 없대요."

"하나둘 낳음 못 써. 여럿 낳아야 재미지게 사는 기야."

"할머니는 자녀분이 몇 명이세요?"

"나? 나는 다섯을 낳았지."

"우와. 안 힘드셨어요?"

"힘들었지, 힘들었어. 부산서 고생 마이 하고 살았어. 국밥집을 했지. 울 엄니가 물려 준 국밥집. 새벽부터 고기를 우려 육수를 내고 저녁 장사까지 했다고. 우리 집 아재는 그저 밖으로만 나돌았어. 그래도 별 수 있나? 그땐 다 그랬다."

"우리 동백이 할머니 힘드셨겠다."

"내가 그 고생을 해가 여태 이 정신이 오락가락한다."

"아니에요, 할머니. 좋아지실 거니까 너무 걱정하지 말아요. 네?"

"다섯 남매를 내가 다 알뜰하게 키웠어. 딸년들까지 내가 죄다 대학을 보냈지. 우리 큰딸은 서울서 약사를 해. 아들들도 다 좋은 회사 댕겨. 막내딸은 핵교 선생이야. 우리 막내는 어려서부터 아주 야무졌어. 우리 막내 이름이… 순, 순, 그래, 순영이. 아니다, 순영이는 우리 큰애고, 우리 막내는… 그래, 순진이야. 오순진. 내 이름은 김동백. 내 막내딸은 오순진. 오순진, 오순진."

동백이 할머니는 막내 딸의 이름을 잊을까 싶어 자꾸만 되뇌었다.

"이름이 참 예쁘네요, 할머니."

"하모. 이름도 예쁘고, 얼굴도 곱지. 우리 순진이가."

할머니는 딸의 얼굴을 마주한 듯 재하의 얼굴을 쓰다듬으며 웃었다. 요양원에 맡겨 두고 자주 찾지도 않는 딸에 대한 그리움이 할머니의 얼굴에 절절하게 배어났다. 재하는 그런 할머니의 표정을 바라보며 마음 한편이 조금 쓸쓸해졌다.

"내는 이만하면 아주 잘 살았다. 자슥 다섯을 하나 잃지도 않았지, 자슥들이 하나같이 제 밥벌이 잘한다. 즈그 식구들끼리 알콩달콩 잘살고 있다. 여기까지가 내 복인 기라. 내는 이거면 족한다."

"할머니, 그래서 지금 행복하세요?"

"하모, 행복하지. 이만하면 나는 아주 잘 살았지. 이 세상, 나는 복 받아서 아주 잘 놀다 가는 기다."

할머니는 다시 크레파스를 잡고 동백꽃 같은 연꽃을 색칠하기 시작했다. 재하는 할머니의 손끝을 지켜보았다. 선 밖으로 그림이 번질세라, 할머니는 꾹꾹 눌러 정성껏 그림을 색칠했다. 할머니는 아마도 평생을 저렇게 조심스럽게 꾹꾹 눌러 가며 생을 살아 냈으리라.

"저것도 다 자기 복이야."

동백이 할머니를 바라보던 순정 할머니가 말을 이었다.

"한세상 잘 살다 가는 거라 여기면, 그게 천복이지."

춘희 할머니가 고개를 끄덕였다.

"암만, 이만하면 다 잘 살다 가는 거지. 다 천복이여."

"맞네. 편안하게 눈 감고 어여 울 엄니 만나러 갔으믄 싶네."

"아이고, 할머니. 그런 말씀 마세요. 오래오래 살다가 천천히 만나러 가셔도 된다니까요. 지금 이렇게 정정하신데, 왜 그런 소릴 하세요?"

"그나마 내가 똥오줌 가릴 수 있을 때, 남들한테 폐 끼치지 않고, 조용히 울 엄니한테 가고 싶다. 울 어매 품에 안겨 울고 웃고, 고향 산천 뛰놀고 싶다."

깊게 팬 주름만 봐도 할머니들이 그간 얼마나 모진 고생을 했는지 알 것 같았다.

할머니들이 살고 있는 이 노인 복지 센터는 정부의 지원을 꽤 받았지만, 시설이나 대우가 고급 실버타운에 많이 못 미치는 수준이다. 그들은 열심히 살았지만 형편은 크게 나아지지 않았고, 늙어서는 자식들에게 짐이 되어 이곳에 머물고 있었다. 할머니들의 살림이, 할머니들이 목숨을 걸고 지켜 낸 자녀들의 살림이 넉넉지 못한 이유도 있었겠지만, 다들 그저 자신의 삶을 살아 내느라 고달팠고, 어느 순간부터 부모가 짐으로 느껴진 것 또한 사실이었으니까.

할머니들은 다 알고 있었다. 평생을 자식만 바라보고 살아온 자신들이 그들의 짐이 되어 버렸다는 것을. 그런데도 할머니들은 한평생 이만하면 잘 살았다, 잘 놀다 간다고 말한다. 먹고 싶은 것을 마음껏 먹고, 좋은 옷을 걸치고, 어디 여행을 자주 다녀 보지도 못했으면서 그저 행복했다는 할머니들…. 재하는 할머니들에게서 묘한 부러움을 느꼈다. 고생은 했지만, 가족과 함께 행복했고, 또 죽어서 다시 만날 가족이 있다는 것이. 어쩌면 그것만으로도 이들은 정말 행복한 삶을 산 것일지도 모른다는 생각이 들었다. 재하에게 가족은 아빠에게 맞아 죽은 엄마와 교도소에 갇힌 살인자 아빠뿐이었으니까.

'가족과 함께한 행복한 기억이 없는 나는 불행한 거겠지? 나는 행복할 수 없는 거겠지?'

죽어서 맞아 죽은 엄마를 다시 만나는 것 또한 불행하리라 생각하던 재하는 고개를 흔들어 그 생각을 지웠다.

'괜찮아. 난 다 괜찮아졌어. 내겐 관장님도 있고 단아도 있잖아. 그들이 내 가족인걸. 그러니까 나는 단아를 꼭 지켜야 해.'

또다시 꿈

단아는 또다시 소녀를 따라 길을 걷는다. 단아는 그냥 소녀가 죽어 버렸으면 좋겠다고 생각한다. 어차피 죽을 거라면, 이렇게 나를 질질 끌고 다니지 말고 그냥 빨리 죽어 버렸으면 좋겠다고.

"여긴 지옥이야. 살아 있는 게 더 고통스러운 지옥. 차라리 죽어, 제발! 차라리 죽으라고! 어서 그냥 죽어 버리라고!"

소녀는 단아의 말을 듣지 못했는지, 오늘도 그저 걷는다. 어쩌면 소녀는 죽는 방법을 모르는지도 모른다. 단아가 깨닫기 전부터, 소녀는 이미 오래전부터 죽고 싶었을지도 모를 일이다. 다만 어떻게 죽어야 하는지를 몰랐을 뿐인지도.

"바보야, 제발 좀 그만 걸어! 다리가 아파 죽겠어. 정말 더는 못 걷겠단 말야! 네가 몰라서 그렇지, 이대로 아무리 걸어도 끝

96

은 없어. 내일도 모레도 이 전쟁은 끝나지 않는다고! 그러니 빨리 그냥 죽어 버려! 제발!"

밤마다 똑같은 꿈, 끔찍한 전쟁터, 지긋지긋한 지옥의 길…. 매일 밤 이처럼 시달리는 것에 단아는 지쳐 버렸다. 끝을 알 수 없으니 더 견디기 어려웠다.

그때 비행기가 낮게 날았다. 귀가 먹을 것 같은 굉음이었다. 사람들이 순식간에 숨을 곳을 찾아 몸을 숨겼다. 소녀는 어쩐 일인지 우두커니 그 자리에 그냥 서 있었다. 단아의 말을 들은 걸까? 정말로 그저 죽기라도 하려는 것일까?

"야! 너 뭐 해? 어서 엎드려!"

하지만 소녀는 단아의 말을 듣지 못한다. 곧 밀어닥칠지도 모를 죽음의 공포에, 사람들 모두가 개미 한 마리마저 땅 위에 살아 있는 모든 것들이 바짝 웅크려 숨어 버렸다. 지금 세상에 나와 움직이고 있는 것은 오직 소녀뿐이다. 소녀가 팔을 벌리고 깊이 숨을 들이쉰다. 잔뜩 웅크려 떨고 있는 이들에게 보란 듯이, 낮게 날아가는 전투기에게 좀 봐 달라는 듯이….

가까운 곳에서 전투가 벌어지기라도 했는지 여러 대의 전투기가 또다시 굉음을 내며 머리 위를 스쳐 지나갔다. 소녀가 고개를 젖혀 하늘을 바라본다.

"애! 얼른 엎드리라고!"

단아는 소녀의 시선 끝을 살핀다. 단아가 함께 올려다본 하늘이, 참 파랗다. 맑고 예쁘다. 땅에는 새빨간 피가 흐르고, 파란 하늘은 그저 흰 구름만 품어 낼 뿐이었다. 소녀는 하늘에게 말을 걸고 있었다.

'우리 오빠, 내 오라버니…. 어디에 있어?'

하늘아, 너는 세상을 다 내려다보고 있으니 우리 오빠 좀 찾아 달라고, 너는 찾을 수 있지 않냐고 소녀가 말을 건다. 하지만 하늘은 대답하지 않는다. 피로 얼룩진 세상, 더럽다는 듯이.

'우리 오빠 좀 찾아 줘.'

단아는 소녀가 죽지 못하는 이유를 알 것 같았다. 오빠가 자신을 찾고 있을까 봐, 자신마저 죽어 버리면 오빠가 너무 슬퍼할까 봐. 오빠가 살아 있다는 희망이 소녀를 살게 했다.

소녀는 오빠가 살아 있다고 믿고 있었다. 소녀에게는 태산 같은 오빠였으니까. 주르륵 뜨거운 눈물이 소녀의 볼을 타고 흘러내린다. 절절한 그리움이다. 단아가 소녀를 품에 안았다. 단아도 뜨거운 눈물을 함께 흘렸다.

"괜찮아, 괜찮아질 거야."

꼼짝도 안 하고 웅크려 있던 사람들이 하나둘 몸을 털며 자리에서 일어나 다시 걷기 시작했다. 그들은 단아를 힐끗거렸지만, 누구도 말을 걸지는 않았다. 전쟁 통에 정신이 나간 아이 하나쯤으로 여기는 듯했다.

"가자, 응? 어서 가자."

단아가 소녀를 재촉한다. 소녀가 다시 터덜터덜 발을 내디 뎠다.

얼마간 걷다 보니, 검문이 시작되었다. 미군들이 피란민들의 짐을 뒤지고 있었다. 꾀죄죄한 짐들을 여기저기 쑤시며 훑었다.

'뭘 찾는 거지?'

단아는 궁금했다. 훔쳐 간 물건을 주인에게 찾아 줄 리 없는 전쟁 통인 데다가 이 난리 통에 마약이나 밀수품을 찾을 리도 없었다. 미군들 앞에 늘어선 줄에 소녀도 서 있었다. 단아는 주위를 살폈다. 그리고는 곧 이들이 '빨갱이'를 찾는다는 것을 알아챘다. 하지만 줄을 선 사람들은 대부분 당장 죽어도 이상하지 않을 노인과 여자들이었다. 그리고 그들 사이사이엔 어린아이들이 버짐이 핀 얼굴로 힘없이 서 있었다.

미군들은 무표정한 얼굴로 그들의 짐을 뒤적였다. 허름한 짐엔 기껏해야 볶은 곡식과 돈이 될까 싶어 들고 나온 자질구레한 생활품뿐이었다. 줄이 점차 줄어들며 미군 앞에 소녀가 섰다.

"아 유 얼론?"

미군이 소녀를 향해 물었지만, 소녀는 커다란 눈을 끔벅일 뿐이다. 미군의 입가에 장난스러운 미소가 번졌다. 어쩐지 조금 기분이 나쁘기도 하고, 음흉하기도 했다.

그때, 뒤에 줄 서 있던 아낙이 소녀에게 다가와 소녀의 어깨를 감쌌다. 그리고 자신의 품으로 소녀를 잡아 안았다. 더는 이 아이에게 아무 말도 아무런 눈빛도 주지 말라는 듯이. 미군이 어깨를 으쓱하더니 소녀와 아낙을 보내 줬다. 미군에게서 좀 멀어졌을 때, 아낙은 소녀의 어깨에 올린 팔을 내렸다.

"너 혼자니?"

소녀가 고개를 끄덕였다. 아낙은 짧게 혀를 차고, 무릎을 구부려 소녀와 눈을 마주했다. 단단히 이야기를 들으라는 듯이 소녀의 어깨를 붙들고 아낙이 차분히 이야기했다.

"군인들을 절대 따라가면 안 돼. 알겠니?"

소녀가 눈을 껌뻑거렸다.

"먹을 거를 준다고 하고, 잠자리를 준다고 하고, 네게 지금 필요한 것을 준다고 해도 절대로 따라가면 안 된다고. 무슨 말인지 알겠니?"

소녀는 조금 놀란 눈치다. 하지만 아낙의 말을 조금도 이해하지 못하고 있었다. 단아는 아낙의 말이 조금은 와닿았다. 낯선 이, 특히 군인들을 경계하라는 말이다. 어린 소녀가 그들을 경계해야 하는 까닭은 뻔하다.

"너, 새댁 서리라고 들어봤어? 여자들을 잡아간다는 뜻이야. 너를 잡아다 몹쓸 짓을 할지도 몰라. 밤에는 특히 조심해야 해. 절대로 혼자 다니면 안 돼. 큰일 난다고. 알아들어? 어른들무리에 함께 있어야 해. 뒤처지지 말고, 어떻게든. 알겠니?"

그제야 소녀가 고개를 끄덕였다. 꽤 놀란 표정이었다.

'뭐? 새댁 서리? 말도 안 돼. 이 아이는 아직 어리다고. 군인들이 어린아이도 잡아다가 몹쓸 짓을 한다는 거야?'

놀란 단아도 침을 꼴깍 삼켰다. 아낙이 말을 이었다.

"짐승 같은 것들이 어린애고 노인이고 가리질 않는다더라. 어쩌다 혼자되었어? 이 아수라장이 된 세상에서 네가 혼자 어찌 견딜꼬. 세상에, 어쩌면 좋아. 쯧쯧쯧."

아낙은 속주머니에서 개떡을 하나 꺼내 소녀에게 건넸다.

"아가, 죽지 말고 꼭 살거라. 살면 또 다른 세상 만나겠지. 안 그래? 꼭 살아야 한다."

아낙은 소녀에게 눈을 쉽게 거두지 못한 채로 앞서 수레를 끄는 남자 곁으로 다가갔다. 손바닥만 한 손수레엔 자잘한 살림 도구와 소녀보다 더 어린 두 아이가 타고 있었다. 앞에서 수레를 끄는 사내는 병들고 지쳐 보였지만, 반드시 가족들을 지키겠다는 다부짐이 보였다.

소녀는 수레가 굴러간 길을 따라 천천히 걸음을 옮겼다. 손에 쥔 개떡을 물끄러미 바라보며.

"엄마…."

엄마가 있었다면 소녀를 지켜 줄 수 있었을까? 소녀는 수레에 탄 아이들을 바라본다. 입성도 변변치 않고, 얼굴엔 버짐이 펴 가난함이 고스란히 느껴졌다. 딱히 소녀보다 더 나은 행색이라고 보기 어렵다. 하지만 소녀는 수레에 탄 아이들이 부럽다. 언제 저 수레의 바퀴가 빠져 소녀처럼 똑같이 고되게 걷게 될지 모를 일이다. 수레에 타고 싶은 것은, 걷기 힘들어서가 아니었다. 생과 사의 운명을 함께하고 있는 가족, 그 가운데에 있고 싶을 뿐이었다.

단아는 수레가 지나간 자리를 따라 걷는 소녀를 보며 생각했다.

'너는 나를 닮았구나. 맞아, 우리는 정말 닮았어.'

부모를 잃고 하나뿐인 오빠마저 잃어버리고 오롯이 혼자 버티는 소녀처럼, 단아 역시 자신이 혼자라는 생각이 들었다. 엄마 아빠, 그리고 자신 역시 뿔뿔이 흩어져 각자의 삶을 살 뿐이었으니까. 아픔을 함께 나눌 생각이 없었고, 가족의 문제를 함께 이겨 낼 마음도 없는, 그저 껍데기뿐인 가족. 불안하고 무서운 세상에 혼자 남은 소녀처럼, 텅 빈 세상에 단아도 혼자였으니까.

얼마만큼 지났을까. 가까운 곳에서 포성이 들렸다. 뒤를 돌아보니 멀지 않은 곳에서 시커먼 연기가 피어오르고 있었다. 등 뒤에서 총알이 날아다니는 것 같았다. 죽음이 바짝 눈앞으로 다가온 것 같아 등줄기에 식은땀이 흐른다. 긴장한 사람들이 더 바삐 걷기 시작했다. 앞서가던 수레의 바퀴도 더 빨리 돌았다. 하지만 도대체 어디까지 가야 하는지 아는 사람은 아무도 없었다. 오직 단아뿐이었다.

"다른 데로 가 봐야 소용없어. 부산까지는 가야 해. 이 길이 부산으로 가는 길이 맞는 거야? 다들 뭘 알고 가는 거냐고!"

총소리에 마음이 다급해진 단아가 소리쳤지만, 아무도 단아의 말을 듣지 못했다. 사람들은 실개천을 따라 난 좁은 길에 몰려들었다. 단아는 목이 말랐지만, 개천의 물을 마실 수는 없었다. 어디서부터 내려오는 물인지 알 수 없었다. 어쩐지 핏물 같았다. 정말로 피비린내가 올라오는 것처럼 느껴졌다.

그때였다.

저 멀리서 커다란 비행기가 하늘을 가르며 날아오고 있었다. 아주 가까이로.

"엎드려!"

누군가의 외침에 모두가 다급하게 몸을 웅크렸고, 단아도 환한 빛의 몸을 웅크렸다. 하지만 총알은 비처럼 쏟아졌다. 바닥을 때린 총알은 빗물처럼 튕겨 올라 여기저기에 박혔다. 그것은 한낱 인간이 피할 수 있는 것이 아니었다.

"으아악! 으악!"

"아이고 어매요!"

"엄마!"

"꺄아악!"

"사, 살려 줘!"

사람들이 비명을 지르며 쓰러졌다. 단아는 느닷없이 벌어진 이 혼란스러운 상황에 정신을 차릴 수 없었다. 곁에 있을 소녀를 살필 수도 없었다. 잔뜩 움츠려 눈을 감고 버티고 또 버텼다. 아무리 전쟁 중이라고 하지만, 이렇게 느닷없이 총알을 쏟아부어도 되는 건지, 피란 가는 민간인들에게 이게 무슨 짓인지 어이가 없었다.

'제정신이야? 미친 거 아니냐고!'

하늘에 대고 욕지거리를 퍼붓고 싶을 만큼 화가 났지만, 단아는 눈을 뜨기도 두려웠다. 죽음이라는 것은 끔찍한 공포였다. 아무리 꿈속이라고 할지라도 또다시 어떤 죽음을 봐야 한다는 것이 무서웠다. 그리고 그 죽음이 소녀의 것이라기에 소녀는 너무 어렸다. 단아는 소녀의 죽음을 감당할 수 없을 것 같았다.

"안 돼! 제발! 제발, 살려 줘!"

어느 순간, 사방이 조용해졌다. 단아는 감았던 눈을 떴다. 하지만 캄캄했다. 마치 온 세상이 정전이라도 된 것처럼. 하늘에 있던 해마저 총알을 맞고 흔적도 없이 사라진 것처럼, 빛은 없었다. 아무것도 보이지 않았고, 아무 소리도 들리지 않았다.

"뭐, 뭐야? 왜, 왜 이래? 애! 어디 있니? 너 어디 있어?"

소녀를 느낄 수가 없었다. 단아 혼자 캄캄한 어둠 속에 덩그러니 있었다. 점차 단아에게서 환한 빛이 새어 나왔지만, 빛이 품어 주던 아이는 없다. 자석처럼 단아와 엮여 있던 소녀가 사라져 버렸다. 주변은 온통 어둠뿐이었다. 함께 걷던 사람들도, 하늘도 땅도 냇가도. 모든 것이 사라져 버렸다. 눈을 뜨고 있는 건지 감고 있는 건지 알 수 없을 정도로 그저 암흑이다. 단아에게서 뿜어져 나온 빛은 단아에게만 머물러 있을 뿐, 세상을 밝힐 수는 없었다. 단아는 손을 더듬어 소녀를 찾았다.

혁.

단아가 주저앉았다. 가슴이 불에 덴 것처럼 뜨거워졌다. 커다란 바위가 덮쳐 짓누르는 것처럼 무거워졌다. 숨을 쉴 수가 없었다. 뜨거운 무언가가 솟구쳐 밖으로 흘러내리는 것 같았다.

"아, 안 돼! 안 돼! 안 된다고!"

단아는 그대로 고꾸라졌다.

"크허허헉!"

꿈에서 간신히 깬 단아는 침대에서 몸을 튕기듯이 벌떡 일어나 앉았다.

'죽었어.'

소녀가 꿈속에서 죽어 버렸다.

사랑한다는 말

꿈속의 소녀는 죽었는데, 단아는 여전히 잠을 자지 못했다. 똑같은 꿈은 돌림노래처럼 반복되고, 소녀는 매일 밤 똑같은 꿈속에서 죽었다. 단아는 가슴이 답답하고 뜨거워 잠을 잘 수 없었다. 가슴이 무언가에 짓눌려 그 속의 뜨거운 무언가를 자꾸만 쥐어짜는 것 같았다. 꿈속에서 죽어 버린 소녀는 더는 보이지 않는데, 가슴이 불에 덴 것처럼 화끈거리고 아팠다. 밤새 그 고통에 뒤척이다 보면 날이 밝아 왔다.

'단아야….'

차창 밖 가로수의 꽃들은 화사하게 봄을 피워 내는데, 단아는 하루하루 가을 낙엽처럼 말라 갔다. 재하는 답답했다. 저렇게 말라 가다가는 정말 하루아침에 단아가 바스락 부서져 사라

져 버릴지도 모를 일이었다. 70여 년 전에 죽어 버린 소녀라면,
이제 정말 찾을 길이 없는 것 아닌가? 그렇다면, 단아는 앞으로
내내 저렇게 고통스러워야 하는 건가? 왜 단아에게 이런 일이
생기는 걸까? 재하는 오래전 어린 자신이 단아를 이 몹쓸 꿈속
으로 끌어들인 것만 같았다. 털어 낼 수 없는 그 죄책감에 단아
와 같이 재하도 말라 가고 있었다.

"재하야, 왜? 뭔 일 있냐?"

목욕 봉사를 하러 가는 길에 최 관장이 재하의 안색을 살피
며 물었다.

"종일 아무 말도 안 하고, 무슨 생각을 그렇게 해? 무슨 고
민 있어?"

"그냥요…."

관장님한테 얘기한다고 달라질 건 없었다. 꿈속의 소녀는
이미 죽어 버린 것을 어쩌겠는가. 단아를 또다시 어른들의 시
선 속에 귀신에 씐 아이로 만들고 싶지는 않았다.

복지 센터에서 재하는 최 관장을 도와 할아버지들의 몸을
닦아 내고 옷을 갈아입혔다. 머리칼을 물기 없이 말려 드리는
것 또한 재하의 몫이었다. 재하가 전쟁 이야기를 묻고 다닌 이
후로 이제는 할머니, 할아버지들이 먼저 다가와 재하에게 전쟁
이야기를 해 준다. 무료한 하루하루를 보내는 그들에게는 오늘
과 내일의 이야기가 아닌, 어제의 이야기가 더 생생하다. 그때

그 시절을 더듬다 보면, 쭈글쭈글한 주름이 펴지고, 몸속에 다시금 근육이 차오르는 기분이 들기 때문이다. 그들은 창창한 젊음을 누렸던 때의 이야기를 전쟁 이야기와 더불어 한참 동안 이야기꽃으로 피워 냈다.

"나는 우리 오마니하고 누이들을 북에 두고 왔어. 난리 통에 아바이하고 삼촌들하고 나만 피란을 했다우. 남자들은 잡혀가면 총알받이를 해야 하니 어쩔 수 없는 선택이었지. 여자들은 집을 지킨다고 했지비. 우리 오마이 배 속에는 동생이 있었고, 누이들도 폐병을 앓고 또 몸이 약해 피란을 같이 갈 상황이 아니었거든. 잠시 피해 있으면 되는 줄로만 알았지. 전쟁이 끝나믄 금세 다시 만날 줄 알았는데, 이리 내 평생 고향에 다시 가지 못하리라고는 정말이지 생각도 못 했지비. 내 우리 오마니랑 누이덜을 여태 보지 못할 거라고는 정말 생각을 못 했다니까. 우리 오마니…. 진즉 돌아가셨겠지. 눈이나 편히 감으셨을랑가? 내 우리 오마니를 생각하면 눈물이 마르질 않아, 눈물이…. 내 얼렁 죽어야 저세상서 우리 오마니를 만나겠지비."

할아버지들 중 누구도 전쟁이 이렇게 길어질 거라고는 생각하지 못했다고 했다. 게다가 고향으로 가는 길이 이렇게 영영 막혀 버리리라고는 상상도 하지 못했다고. 이념이 뭔지도 모르지만, 그것이 암만 원수가 졌다고 해도 피붙이들을 이렇게 생이별을 시킬 줄은 몰랐다고 했다. 어떻게든 한 번은 만날 수 있겠지 희망을 놓지 않았지만, 결국 여태껏 가족의 소식은 듣지 못했다고 했다.

박씨 할아버지는 그간 세계 곳곳을 여러 차례 여행했다고 했다. 환갑 때는 베트남에, 칠순 때에는 저 멀리 미국 여행도 다녀왔다고.

"한나절만 비행기를 타면 멀리 미국에도 가고, 또 저짝 호주에도 가고, 다들 돈만 있으면 비행기 타고 못 가는 곳이 없는데…. 그래, 좀 있으면 우주여행도 간다고 하더구먼…. 그런데 세상에나, 손바닥만 한 나라가 반으로 쪼개져 내가 저짝 고향 땅을 여태 다시 밟지 못한다니…. 오마니와 생이별하고 평생을 이리 살 줄 내 미리 알았으면 그때 오마니 곁을 떠나지 않았을 거라. 죽어도 오마니 곁에서 죽었을 거라."

박씨 할아버지의 주름진 눈가가 촉촉이 젖어 들었다.

"아이고, 아버지…. 얼마나 그리우시겠어요."

최 관장이 박씨 할아버지의 손을 꼭 잡았다. 최 관장의 손등 위에 기어이 박씨 할아버지의 눈물이 떨어졌다.

"최 관장…. 내 우리 오마니 사진 한 장이 없어. 우리 오마니가 참 고우셨는데 말이야. 시골서 밭일을 그래 하시면서도 얼굴이 환하고 고우셨지. 내 우리 오마니가 너무 보고 싶어. 얼른 죽어서 만나러 가고 싶을 만큼…."

박씨 할아버지는 눈물을 훔치고 말을 이어 갔다.

"게다가 우리 오마니 손맛이 또 아주 일품이었지비. 내가 물가에서 물고기를 잡아다 드리면 우리 오마니가 매운탕을 끓여 줬는데, 별다른 걸 넣지 않으셨는데도 그거이 그렇게 입에 쩍쩍 붙더라고. 작은 소반에 온 식구가 둘러앉아 그 생선 뼈를 쪽쪽 빨아 먹던 그때가 참 그리워. 단 하루만이라도 딱 그때로 돌아가 보고 죽고 싶어. 그럴 수만 있다면, 내 오늘 밤이래두 저승사자를 따라갈 수 있지비."

"내는 우리 어머니 시래기지짐이가 먹고 잡소. 겨울 김장이 끝나고, 처마 끝에 매달아 말려 둔 시래기를, 눈도 맞고 꽁꽁 얼기도 했던 그 시래기를 끊어다가 물에 넣고 푹 오래 삶아 지져 먹었는데 그게 참 꿀맛이었어. 멸치 한 줌에 된장 한 숟가락을 풀어서. 뭐 양념이랄 것도 없지. 뭐가 있었간? 그 시절에. 그래도 그거이 그리 꼬숩고 달고 맛나더라고. 내 그 기억을 더듬어서 해 먹어 봤는데, 희한하지? 우리 어머니 해 주시던 맛은 아니더라니까. 우리 어머니 손맛이 빠진 기야."

"우리 오마니는 그 시래기 지짐에 얄팍한 가자미를 넣어서 지져 주셨는데, 그거야말로 둘이 먹다가 하나가 죽어도 모를 맛이었지. 고춧가루도 좀 풀고, 마늘도 듬뿍 넣어서 밥 위에 턱 올려 쓱쓱 비벼서 그래 먹으면 그거야말로 밥도둑이었지. 아이고, 시장허다. 종일 입맛이 없었는데, 울 오마니 손맛을 생각하니 입에 침이 다 고이네, 고여."

민물 매운탕이든, 시래기지짐이든, 그 시래기지짐이에 멸치를 넣든, 가자미를 넣든 그들이 그리워하는 것은 엄마의 손맛이었고, 상에 둘러앉아 그 찬을 함께 나누던 식구들과의 정이었다.

요즘은 컵라면 용기에 뜨거운 물 한 사발이면 4분 안에 한 끼 식사가 완성된다. 이것저것 담긴 도시락을 전자레인지에 돌리는 시간도 그와 엇비슷하다. 저녁 시간 학원가엔 교복 입은 학생들이 바글바글하다. 그들은 엄마 밥 대신 미래를 선택했다. 엄마 밥을 먹을 시간에 조금 더 나은 미래를 보장받겠다고 학원 앞 편의점에 서서 끼니를 때우며 영어 단어를 외운다. 재하도 편의점 라면을 삼키다가 가끔 엄마의 김치찌개가 그리울 때가 있었다. 이제는 먹을 수 없는 엄마의 김치찌개가. 할아버지들이 그리워하는 엄마 손맛을 재하도 어렴풋이 조금은 알 것 같았다. 관장님이 끓여 주는 김치찌개나 식당에서 사 먹는 김치찌개는 엄마의 맛이 나지 않았으니까. 다시 먹을 수 없다고 하니 더 그리워지는 맛, 엄마의 맛이고 엄마의 냄새였다.

"아버지, 그 시래기지짐이 먹어 보고 싶네요."

최 관장이 침까지 꼴깍 삼키며 말하자, 말도 말라며 다들 서로 그리운 맛들을 쏟아 냈다. 다들 그 오래된 시절의 맛들을 마치 혀 안에서 지금 느끼고 있는 것처럼 생생하게 표현했다.

"젊은 사람들은 우리네 음식은 촌스럽다고 줘도 안 먹지. 우리 때야 먹을 게 없고 하도 굶었으니까, 그 꿀꿀이죽 한 그릇도 귀하고, 시래기지짐이도 귀하고, 엄마 손 닿아 만들어 낸 것은 뭐든 다 귀하고 맛있었지."

"박씨는 그리 고생 안 한 얼굴인데도 그러우? 나는 똥구멍이 찢어지게 가난한 집에서 나고 자라, 자식들까지도 변변찮게 먹여 키웠어. 그래서 그게 여태 맘에 남아. 쌀밥 가득, 고기반찬 가득 배가 빵빵하도록 먹여 보질 못해서…. 우리 큰애 키가 땅딸막한 거이, 내가 못 벌어 그놈을 못 먹여 그런 거야. 종자는 큰 놈인데…. 그래서 내가 그 자식 볼 때마다 맘이 쓰라려."

"키가 그만하면 되었지, 뭘 더 바라우? 우리 때야 고생을 하고 덜 하고 뭐 얼매나 달랐수? 다들 고생하고 똥구멍 찢어지면서 크고, 애들도 다 그리 키웠지. 요즘에야 세상이 좋아져서 함부로 먹고 버리고 한다마는…. 우리 때 생각하면 지금 이 세상이 어디 말이나 되겠소?"

"맞네, 맞소. 그라고 봉께, 그 험한 세상서 우리사 아그덜 그래도 다 잘 키워 냈으니, 우리가 애국자 아니오, 애국자. 이리 살아 낸 것도 다 우리 천복이랑께."

먹을 게 없어서 먹고 싸는 일조차도 고통이었다는 할아버지들은 그런데도 하늘의 복을 누렸다고 말했다. 재하는 어리둥절했다. 나이가 들면 지나온 과거를 애써 포장하게 되는지, 아니면 정말 그만큼 너그러워지는 것인지 모를 일이었다. 전쟁을 겪고, 먹고 살기 위해 몸이 상할 정도로 온갖 고생을 하고, 늙어서는 외롭게 가족들과 떨어져 복지 센터에서 지내고 있으면서도 하늘의 복을 누렸다니….

재하는 나이가 들어야 품이 저렇게 넓어질 수 있는 것이라면, 후딱 시간이 흘러서 얼른 어른이 되고 싶다고 생각했다. 어느 것 하나 뜻대로 되지 않는 세상이 재하는 너무 억울했으니까. 태어나는 순간부터 자신을 저주한 하늘이, 이제는 단아마저 지킬 수 없게 하고 있었다. 어떻게든 살아내 보려고 이렇게 아득바득 용을 쓰고 있는데, 하늘은 왜 자신에게는 손톱만큼의 복을 나눠 주지 않는 것인지 재하는 화가 나기도 했고, 그냥 다 포기하고 싶은 마음이 일기도 했다.

재하가 무릎이 꺾일 듯한 참담한 마음으로 젖은 수건을 정리하고 있을 때, 춘배 할아버지가 재하를 조용히 불렀다.

"학생! 재하 학생!"

"네! 할아버지!"

재하가 다가가자 춘배 할아버지는 멋쩍어하며 핸드폰을 한쪽 손으로 만지작거렸다.

"왜요? 할아버지, 뭐가 또 잘 안 되나요?"

춘배 할아버지는 재하에게 종종 핸드폰 사용법을 물었다. 손주들의 동영상을 열어 보는 법, 메신저로 자식들에게 메시지 보내는 법을 묻기도 했다. 재하는 할아버지에게 손주들과의 통화를 녹음하는 방법과 간단한 메모나 사진을 찍는 방법을 알려 주기도 했다.

"아, 아니. 그게 아니고…. 이, 이것 좀 들어 봐 줘…."

할아버지는 자신의 목소리가 녹음된 음원을 재생했다.

"할아버지, 이게 뭐예요?"

"이, 이게…. 내 유언인데…."

"네? 유언이요?"

"내가 글로 쓰기가 힘들어서…. 오른팔을 쓰지 못하니 영 힘들더라고. 그래서 그냥 지난번에 학생이 알려 준 대로 녹음을 했어."

"아, 그러셨구나. 어렵지 않으셨죠?"

"어렵지는 않았는데, 혹시 이걸 글씨로 좀 써 줄 수 있나 해서 말이야. 내가 여기다가 이렇게 적어 보려고 했는데…. 이놈의 팔이 말을 듣지 않아서 잘 안되더라고…. 또박또박 잘 쓰고 싶은데, 너무 힘들어. 그래서 그런데 부탁을 좀 해도 될까? 나 좀 도와줄 수 있으려나? 재하 학생도 공부해야 해서 바쁘지?"

"아, 아뇨. 해 드리는 건 어렵지 않아요. 그런데 할아버지, 왜 유언을…."

"해 둬야지. 언제 죽을지도 모르는데…. 그래야 맘이 편할 것 같아서. 별것도 없지만. 그래서 길지는 않아. 몇 줄 안 돼. 녹음해 뒀으니 됐다 싶으면서도 내 어눌한 말투가 영 거슬려서 말이야."

"네, 할아버지. 그럼 제가 적어 드릴게요."

"고마워, 재하 학생."

가족들에게 늘 단정하고 흐트러지지 않은 모습을 보이고 싶어 하시는 분. 가족들에게 폐를 끼치고 싶지 않다고 어지간해서는 외출도 하지 않고 조용히 복지 센터에만 머무르는 춘배 할아버지는 그렇게 혼자 조용히 마지막을 준비하고 있었다.

핸드폰을 통해 할아버지의 떨리는 목소리를 들으니 재하는 어쩐지 코끝이 찡해졌다. 할아버지의 목소리를 따라 몇 줄 내려 적던 재하는 집에 가서 마저 적고 내일 가져다드리겠다고 말했다. 울컥 눈물이 쏟아질 것만 같아서. 재하는 할아버지의 음성 파일을 자신의 핸드폰으로 옮겨 담았다.

재하는 어질러진 책상을 말끔하게 정리하고 자세를 반듯하게 고쳐 앉았다. 그리고는 춘배 할아버지의 음성 파일을 열었다. 깨끗한 종이를 펼치고, 한 글자씩 또박또박 할아버지의 음성을 옮겨 썼다.

아들, 며느리, 딸과 사위, 그리고 내 손주들에게.

내 한평생 너희와 함께 잘 지냈다. 부족한 아비였는데, 가족이라는 울타리 안에서 믿고 따라 주고, 잘 자라 주어 고맙다. 물려줄 땅도 재산도 없어 미안하구나. 내 장례는 내 통장의 남은 돈으로 치렀으면 좋겠다. 내 가는 길, 배웅하러 오는 이들에게 일절 돈을 받지 말고, 그저 따뜻한 밥 한 그릇 대접해 드리거라. 내가 그리 살갑게 살지 않아 많은 이들이 오진 않을 것이다. 그러니 그들을 그저 잘 대접해 다오. 내 마지막 손님들이니. 그리고 내 제사는 따로 지내지 않아도 된다. 그간 너희 어머니와 일찍 죽은 너희 고모 기일을 챙겨 주어 고마웠다. 그 덕분에 내가 저승에 가서 그들을 만날 면이 생겼구나. 이제는 내가 그들을 돌볼 테니 이곳에서는 그저 번잡스럽지 않게 너희끼리 잘 지내면 된다. 그랬으면 좋겠다. 그리고 나를 화장할 때, 색동 치마저고리 한 벌 함께 태워 주었으면 한다. 전쟁 통에 객사한 너희 고모 옷가지가 시원찮아 내 한 벌 선물로 들고 가고 싶구나. 그래 주면 고맙겠다. 나는 잘 놀다 간다. 너무 마음 아파 말아라. 고맙다. 사랑한다.

재하는 김씨 할아버지 유서의 마지막 문장 '사랑한다'를 꼭꼭 눌러썼다.

김씨 할아버지는 한참 동안 뜸을 들이고 망설이다가 그 말을 아주 천천히 뱉어냈다. 할아버지가 마지막 순간에 가족에게 꼭 전하고 싶은 말은 '사랑'이었다.

'엄마도 죽어 갈 때, 내게 사랑한다는 말을 하고 싶었을까? 엄마의 마지막 말은 무엇이었을까? 두려움에 벌벌 떠느라 나는 죽어 가는 엄마에게 말을 붙여 보지도, 엄마의 말을 듣지도

못했구나…. 우리 엄만 유언 한마디 남기지 못하고 죽어 버린 거구나….'

재하는 자신이 엄마에게 사랑한다는 말을 들었던 적이 있는지 곰곰이 떠올려 봤다. 기억이 나지 않았다. 엄마를 떠올리면 퉁퉁 부어오른 멍든 얼굴, 그리고 재하를 쓰다듬으며 '아이고, 불쌍한 내 새끼' 하며 흐느끼던 모습뿐이다.

'엄마, 엄만 왜 나한테 사랑한다는 말을 하지 않았어?'

엄마는 분명 재하를 사랑했다. 온몸이 찢어지고 부러지고 시퍼렇게 멍이 들면서도 엄마는 재하를 품에 감싸 지키려고 했다. 엄마가 죽던 날도 엄마는 재하를 지키려고 아빠를 물어뜯었다. 그런데 엄마는 왜 사랑한다는 말을 아꼈을까? 느닷없이 엄마에게 서운한 감정이 생겼다. 그 말 한마디를 제대로 들어보지 못한 게 서러웠다. 그리고 이내 재하는 깨달았다. 자신도 엄마에게 한 번도 사랑한다는 말을 해 준 적이 없음을.

"엄마, 사랑해. 엄마, 미안해. 엄마, 고마워."

재하는 한참 동안 똑같은 말을 반복해서 중얼거렸다. 어딘가에서 엄마가 그 말을 듣고 있는 것만 같아서. 꼬물거리는 재하의 마음이 엄마에게 전해지는 것 같아서.

재하는 마음을 추스르고 자신이 대필한 춘배 할아버지의 유서를 반듯하게 접어 봉투에 넣었다. 힘들게 살아온 한 사람의 일생이 고스란히 종이 한 장에 담겨 정리되었다. 여든여덟 나이의 춘배 할아버지는 단 한 장의 종이에 삶을 마무리하는 글을 썼다. 겨우 단 한 장에.

재하는 춘배 할아버지의 유서 봉투에 또박또박 할아버지의 이름을 적었다.

내 사랑하는 가족에게, 김춘배.

춘배 할아버지의 유서가 담긴 봉투를 내려다보던 재하가 책상 맨 아래 서랍을 열었다. 최 관장에게 찢어 버리라고 했던, 교도소에서 보내온 아빠의 편지가 그곳에 쌓여 있었다. 재하는 맨 위에 놓여 있는, 최 관장이 조심스럽게 뜯어 본 편지를 열었다. 손끝이 바르르 떨렸다.

'아빠….'

재하에게 그는 여전히 공포였다. 구겨진 필체의 글자들이 눈에 보였지만, 읽을 수 없었다. 그 글자들이 뾰족하게 날이 선 채로 재하에게 달려드는 것만 같았다. 무지막지했던 커다란 손바닥처럼, 거침없던 그 발길질처럼. 뾰족한 글씨들이 재하의 숨통을 조이고 심장을 찌를 것 같았다. 재하는 눈을 질끈 감고 편지를 내려놓았다.

'하아…. 하아….'

뼈만 앙상하게 남은 채, 잔뜩 웅크리고 있는 어린 날의 재하가 또다시 불쑥 튀어나왔다. 등 뒤로 식은땀이 흘렀다. 바들바들 떨고 있는 어린 소년, 공포에 가득 찬 눈이 재하를 올려다봤다. 재하는 차마 그 소년과 눈을 마주칠 수 없었다.

'괜찮아, 괜찮다고…. 이제 다 끝난 일이잖아.'

자신을 향하던 그 커다란 손바닥을 이제는 재하가 꽉 붙들 수 있었다. 어린 재하의 복부를 걷어차던 구둣발도 이제는 재빠르게 피할 수 있었다. 태권도를 수련한 재하는 상대가 아무리 건장한 사내라 하더라도 충분히 제압할 자신이 있었다.

하지만 재하는 여전히 두려웠다. 그 커다란 손바닥과 거침없던 발길질이 떠오르면, 재하가 익힌 호신술은 무력해졌다. 다시금 깡마른 어린 소년이 되어 잔뜩 겁에 질려 웅크릴 수밖에 없었다. 다 잊었다고, 다 이겨 냈다고 생각했던 어린 시절의 상처에서 여전히 피가 뚝뚝 흘렀다. 아버지란 사람이 내리꽂은 시퍼런 칼날에 찔린 재하의 어린 마음은 여전히 피를 흘리며 울고 또 울고 있었다. 아물지 않은, 아물 수 없는 상처였다.

나를 용서해다오.

편지의 마지막 문장이 재하의 눈에 들어왔다.

'용서….'

재하는 바들바들 떨리는 손으로 편지를 구겨 버렸다.

시범단 공연

복지 센터 마당의 무대 위에서 이제 막 수호 태권도 시범단의 공연이 시작되고 있었다. 하늘은 찢어질 듯 파랗고, 간간이 흩날리는 꽃잎들이 그 파란 하늘을 간지럽히고 있었다. 무대 밖의 할아버지와 할머니들은 모처럼의 행사에 잔뜩 상기된 표정이었다. 단아도 휠체어를 탄 할머니들의 뒤에서 공연을 바라보고 있었다.

맨 먼저 초등학생 시범단이 나와 품새를 선보였다.

"잘한다, 잘해."

"아이고, 이뻐라."

"어쩜 저리 잘하누!"

"귀엽다, 귀여워."

단아도 빙그레 웃으며 응원했다. 작은 주먹을 꼭 쥐고, 다부진 표정으로 열심히 연습한 품새를 선보이는 아이들이 하나같이 너무 예뻐 보였다. 중간중간 크고 작은 실수를 하는 꼬마들도 눈에 띄었다. 하지만 그 실수도 그저 귀엽게만 보였다. 공연을 관람하는 어르신들도 아이들의 실수를 보며 잘한다고 손뼉을 쳤다. 아직 어린 꼬마들의 실수니까.

단아는 문득, 나는 누구일까 하는 생각이 들었다.

'나는 아이일까? 아니면 어른일까?'

단아는 자신이 참 애매하다는 생각이 들었다. 때론 아직은 실수해도 괜찮은 아이인 것 같기도 했고, 또 때론 실수가 두려운 어른인 것만 같았다. 어떨 땐 아직은 투정을 부려도 되는 아이이기도 했지만, 어떨 땐 이제는 참아 낼 줄도 알아야 하는 어른이어야만 했다. 단아는 이 애매함이 싫었다. 그래서 다시 아이로 되돌아가고 싶기도 했고, 또 얼른 나이를 먹었으면 하고 바라기도 했다. 단아는 이 애매함이 지루했다. 단아는 지루한 나이였다.

재하가 무대 위에 올라섰다. 재하는 언제나처럼 무대의 한가운데에 가장 듬직한 모습으로 자리를 잡았다. 하얀 도복을 입은 맨발의 재하. 단아가 가장 아껴 보고 싶은 재하의 모습이었다.

꼬마들의 무대와 달리 청소년 시범단의 무대에는 긴장감이 느껴졌다. 무대 위에도, 그리고 무대 밖에서도 기대와 긴장감이 뒤섞여 있었다. 단아도 차분히 무대를 응시했다.

그때, 준비 동작을 마친 재하가 기합을 내질렀다.

"끄아아아압!"

기합을 내지르는 재하의 목소리는 우렁찼다. 꼭 말아 쥔 두 주먹도 아주 든든해 보였다. 그래 봐야 빈손인데, 말아 쥐고 있으면 어쩐지 뭔가 가득 찬 든든함이 느껴진다. 단아가 침을 꼴깍 삼켰다. 순식간에 재하가 허공을 날았다. 다부진 몸으로 날렵하게 허공을 가르고 정해진 곳에 놓여 있는 송판을 발 날로 내려쳤다. 탁. 탁.

재하의 발이 땅에 닿기 전에 송판이 정확하게 두 조각으로 나뉘어 흩날렸다.

"와아~"

"어이구야, 잘한다, 잘해."

"깜짝 놀랐네!"

"오매, 귀신같이 날아 쪼개네."

여기저기서 박수와 함성이 터져 나왔다. 마무리 자세를 취한 재하는 보란 듯이 단아를 향해 살짝 눈을 찡긋했다. 단아는 그저 살포시 웃으며, 묵묵히 재하를 지켜보았다.

'이젠 정말 어디 가서 얻어맞진 않겠네, 김재하.'

재하는 연달아 허공을 날았다. 공중제비를 돌고, 제 키보다 훨씬 높은 곳의 송판을 단숨에 깨트렸다. 그때마다 재하는 기합을 시원하게 내질렀다. 그 소리에 케케묵은 속의 묵은 때가 다 터져 나오는 것 같았다. 정말이지 속이 뻥 뚫리듯이 시원한 기합 소리였다.

"끄아아아압!"

"끄, 끄아아아아압…."

재하가 기합 소리를 내지를 때마다 단아가 조그만 목소리로 따라했다. 단아도 속 시원히 한번 내지르고 싶다는 생각을 하며. 하지만 입안에서 웅얼거리는 듯한 단아의 목소리는 단아의 귀에도 잘 들리지 않았다.

"끄아아아압!"

재하의 마지막 기합 소리는 파란 하늘을 찢어 놓을 듯이 시원하게 크고 높았다. 재하는 마지막 격파까지 완벽하게 해내고서 가볍게 착지해 마무리 동작까지 멋지게 선보였다.

"아이고, 조심혀!"

"서커스가 따로 없구마잉."

"소림사 무술보다 더 멋있구만. 이것이."

"최고다! 잘한다!"

"우째 저리 솜털처럼 가볍게 날아댕기노!"

복지 센터의 할아버지와 할머니가 휘둥그레진 눈으로 재하와 친구들을 응원했다. 재하를 향한 그들의 응원은 봄바람처럼 따뜻했다. 파란 하늘 아래의 재하가 이제는 서늘해 보이지 않아서 다행이라고, 단아는 속으로 중얼거렸다.

'참, 다행이야. 김재하.'

시범단의 공연이 끝난 후에는 중학교 댄스 동아리가 춤과 노래를 선보였다. 옷을 갈아입고 나온 재하는 단아와 함께 나무 아래의 벤치에 앉아 공연을 지켜보았다.

"하이고, 저래 입고 안 춥나?"

무대 위에 배꼽티에 짧은 핫팬츠를 입은 소녀들을 보며 할머니들이 혀를 찼다.

"내버려 둬. 젊응께 저리 입고 춤도 추는 거 아녀. 잔소리하면 늙었다고 욕한당께."

"잔소리가 아니라, 우리 손녀 같으니 하는 말 아니오. 아직 날이 추운디 감기라도 걸리면 워쩌요."

"속에서 열이 날 때라 감기 안 걸리오. 저리 춤을 추는데 열이 안 나겠소."

"하기사 나도 저 나이 때는 속에서 열이 펄펄 끓어 강철도 녹일 것 같았응께."

"이제 차갑게 식은 송장이 될 날이 얼마 남지 않았으니, 내가 언제 이리 늙어 꼬부랑 할매가 되었는지 믿을 수가 없소."

"하이고, 좋은 날 실없는 소리는! 왜들 그러우? 나는 여적 이팔청춘인데!"

단아는 할머니들의 이야기를 들으며 배시시 웃었다. 하지만 단아의 웃음엔 생기가 없었다. 기운이 없는 웃음이었다.

"단아야, 피곤하면 좀 자. 여기 기대."

헬쑥한 단아의 얼굴을 보다 못한 재하가 제 어깨를 내밀었다. 하지만 단아는 고개를 흔들었다.

"괜찮아. 잠 못 자는 게 뭐 어디 하루 이틀 일도 아니고…. 오늘 같은 날 여기서 잠은…."

"밥은? 밥은 좀 먹고 나왔냐?"

"응…."

"좀 이따가 여기 정리하고 같이 밥 먹자, 밥 먹고 들어가. 알겠지? 관장님한테 또 삼겹살 사 달라고 하자. 너 지난번에 잘 먹더라. 어때?"

"그래, 알았어."

단아가 공연 무대에 눈을 둔 채로 살며시 재하의 손을 더듬어 잡았다. 너무 걱정하지 말라는 듯이. 네가 이렇게 곁에 있는 것만으로 충분하다는 듯이. 재하도 단아의 작은 손을 꼭 잡았다. 네 곁에 언제까지 있어 줄 거라고, 무슨 일이 있어도 너는 반드시 지켜 낼 거라고.

중학교 댄스 동아리의 공연을 걱정 가득한 눈으로 지켜보던 할아버지와 할머니들의 얼굴에 다시 생기가 돌았다. 이번엔 트로트 초청 가수의 무대였다. 앉은 자리에서 어깨춤을 추던 할아버지와 할머니들이 자리에서 일어나 춤을 추기 시작했다. 노래를 따라 부르며 덩실덩실 춤을 추는 그들의 모습이 무척 행복해 보였다. 서로서로 손을 맞잡고 흔들기도 하고, 무대 위로 뛰어 올라가 춤을 추기도 했다.

단아는 무대 위에서 흥에 겨워 춤을 추는 동백이 할머니를 바라보았다. 단아의 시선을 따라 재하도 할머니를 쳐다보았다.

"동백이 할머니는 치매 환자야. 저기 꽃무늬 옷을 입고 춤추고 계시는 분."

"그래? 보기엔 전혀 모르겠는데?"

"응. 오락가락하셔. 평소엔 참 따뜻하고 좋은 분이셔. 가끔 소리를 지르고 울고 떼를 쓰면 아무도 못 말리지만."

"그렇구나. 좋아지셨으면 좋겠다. 저렇게 밝으신데…."

"그렇지? 그런데 좋아질 수 없는 병이라서…. 그래서 더 안타깝지."

"응."

단아는 '나도 좋아질 수 없는 병을 가졌어'라는 말을 삼켰다. 꿈속의 소녀가 죽은 후로도 꿈인 듯 꿈이 아닌 꿈은 계속되었다. 잠을 제대로 잘 수가 없었다. 가슴이 짓눌리고 숨을 쉴 수가 없어서. 밤에 잠을 제대로 자지 못하니, 머리는 점점 무거워지고 종일 몽롱한 정신으로 겨우 버텨야 했다. 학교 수업이 제대로 될 리가 없었고, 책을 읽어도 글자들이 동동 떠다녔다. 가끔은 말도 어눌하게 나오고, 헛소리하는 것만 같았다. 쉬는 시간엔 종일 엎드려 있어야 했고, 친구들과 어울릴 틈도 없었다. 이대로 얼마를 더 버틸 수 있을지 단아는 막막했다. 차라리 저렇게 자신을 조금씩 잃어버리는 병이, 순간순간이라도 저렇게 해맑은 모습일 수 있다는 게 부러울 지경이었다.

무대를 휘젓고 다니던 동백이 할머니는 무대 아래로 내려와 사람들을 부추겨 함께 춤을 췄다. 이 사람 저 사람과 손을 잡고 빙빙 돌며 춤을 추었다. 평상시 같으면 무척 성가신 행동이었지만, 한바탕 축제 분위기가 된 탓에 누구도 동백이 할머니를 말리지 않았다. 그저 할머니에게 맞춰 주며 덩실덩실 함께 춤을 출 뿐이었다. 평소 수줍어하던 할아버지와 할머니들이 동백이 할머니 덕분에 함께 어울려 춤을 췄다. 단아는 재하의 손을 꼭 잡은 채 그 모습을 지켜봤다. 덩달아 마음이 흐뭇해졌다. 동백이 할머니는 어디서 본 듯 따뜻하고 친근했다.

'꿈속에서 죽어 버린 소녀가 살아 있었다면, 동백이 할머니처럼 저렇게 웃는 날이 있었을까?'

단아의 눈에 동백이 할머니와 꿈속의 소녀가 겹쳐 보였다. 단아는 소녀가 그리웠다.

재하도 모처럼 할아버지 할머니들이 행복해 보여서 다행이다 싶었다. 가족들과 떨어져 지내는 생활이 무척 답답했을 텐데, 이렇게라도 하루를 즐기는 모습을 보니 보람을 느꼈다. 공

　　　　　　　　　　　　　　　　시범단 공연

연 준비를 하느라 바빴던 피곤함이 사라지는 기분이 들었다.

동백이 할머니가 몸이 불편해 휠체어에 앉아 있는 춘배 할아버지에게 다가갔다. 할아버지의 손을 억지로 붙잡고 마구 앞뒤로 흔들었다. 당황한 할아버지가 어색한 표정으로 웃었다.

"춘배 할아버지야. 내가 말한 적 있었지?"

"응…. 유언을 써 드렸다는 분이구나."

"맞아. 춘배 할아버지는 가족들에게는 목욕을 안 맡기셔. 항상 관장님만 찾으셔."

"그렇구나…."

단아는 춘배 할아버지와 동백이 할머니가 어색하게 손을 붙잡고 춤을 추는 모습을 흐뭇하게 바라보았다. 꽃이 춤추는 듯, 나비가 춤추는 듯 아름다웠다. 단아는 살포시 재하의 어깨에 머리를 기댔다. 단아가 더 편하게 기댈 수 있도록 재하가 몸을 낮췄다.

"야, 인마! 정리 안 하고 여기서 뭐 해?"

"관장님, 쉿!"

단아가 잠들어 있었다.

"뭐야? 얘 잠든 거야? 세상에, 왜 여기서 이러고 자?"

최 관장이 목소리를 낮춰 재하에게 물었다.

"많이 피곤했나 봐요. 좀 더 자게 놔두고 싶어요."

"그래, 그러자. 핏기가 하나도 없는 게 피곤해 보이더라. 기다려 봐. 내가 담요 하나 들고 올게."

재하는 단아를 벤치에 편하게 눕힌 후 최 관장이 가져온 담요를 덮어 주었다. 단아가 세상모르고 잠들어 있었다. 날이 어둑해지고 있었고, 가로등의 불이 켜졌다. 등 뒤의 나뭇가지에서 연분홍 꽃잎 하나가 단아의 얼굴 위로 떨어졌다. 재하는 조심스럽게 그 꽃잎을 단아의 얼굴에서 떼어 내 손바닥 위에 올려 내려다봤다. 얇디얇은 꽃잎 한 장이었다. 세상 사람들에게 봄소식을 가장 화려하게, 가장 요란하게 알리는 꽃도 그 꽃잎 한 장은 속이 투명하게 비칠 정도로 얇았다. 따뜻한 봄바람에도 금세 찢길 것처럼.

악몽을 피하는 소리

"아주 꿀잠을 자더구먼. 많이 피곤했냐?"

"헤헤, 모르겠어요. 어느새 깜빡 잠이 들었네요."

"아주 누가 업어 가도 모르겠더라. 코까지 쌔근쌔근 골고."

"정말요? 재하야, 나 코도 골았어?"

"어! 드르렁드르렁. 천둥소리인 줄 알았어. 소나기가 쏟아지려나 했다니까."

"야! 너 거짓말이지? 죽는다!"

재하는 날이 어둑해지고 찬바람이 불어와 더는 벤치에서 단아를 재울 수 없을 때까지 단아의 잠을 지켰다. 조금 더 재우지 못하는 것을 못내 아쉬워하며 재하는 단아를 깨워 함께 밥을 먹기 위해 식당에 들어섰다. 그래도 한숨 자고 일어난 단아의 얼굴을 보니 그동안 무거웠던 마음이 조금은 가벼워지는 것 같았다. 삼겹살이 구워지기 무섭게 단아는 크게 쌈을 싸 입에 몰아넣었다. 그 모습을 보자니 죽어 가던 단아를 자신이 살리기라도 한 것처럼 재하는 마음이 뿌듯해졌다.

"음악 소리에 동네가 다 떠나갈 듯 시끄러웠는데, 그 와중에 어떻게 잠을 그렇게 죽은 듯이 잤냐?"

"모르겠어요. 할머니 할아버지들 춤추는 모습을 보다가… 너무 즐거워 보여서 덩달아 막 흐뭇했는데, 그 모습에 제 마음이 너무 편안해졌나 봐요. 언제 잠이 들었는지도 모르겠어요. 헤헤."

"백단아, 난 네가 잠든 줄도 모르고 한참 동안 혼잣말을 했잖아. 대꾸가 없어서 보니 완전히 곯아떨어졌더라고. 그래도 정말 다행이야. 요즘 통 잠을 못 잤잖아. 더 자게 내버려 둘 걸 그랬나 싶어."

"아냐, 아냐. 나 배고파서 깼을 거야. 잠도 배가 불러야 자지. 그렇죠, 관장님? 나 지금 먹어도 먹어도 배가 안 차. 배가 너무 고팠나 봐."

"그래. 넌 잠도 잠이지만, 일단 더 먹어야 해. 빠짝 말라서 그렇게 죽은 듯이 자고 있으니 무섭더라. 어서 먹어, 어서. 오늘 딱 3킬로그램만 찌우자."

"3킬로그램이요? 좋아요! 관장님, 그럼 삼겹살 추가해 주세요. 사이다도요."

"허허, 녀석. 알았다. 사장님! 여기 삼겹살 3인분 추가요! 사이다도 좀 주세요."

단아는 모처럼 잠을 푹 자고 일어난 덕분인지 머리가 맑았다. 편두통이 사라졌고, 삼겹살 굽는 냄새에 식욕이 돌았다. 정말 살 것 같은 기분이 들었다.

배부르게 밥을 먹고 난 후, 단아는 재하의 손을 잡고 집으로 향했다. 맑아진 기분으로 마주 잡은 손을 앞뒤로 흔들며. 하지만 집이 가까워질수록 마음이 다시 무거워졌다.

'오늘, 다시 잠들 수 있을까?'

한숨 자고 나니, 그 잠을 더 자고 싶다는 욕심이 생긴다. 온몸을 나른하게 내려놓고 세상을 차단한 채로 오롯이 내 몸의 에너지를 채우는 시간, 잠. 살기 위해 반드시 붙들어야 하는 잠. 악몽에 시달릴 땐 단 한 시간만 제대로 잠들고 싶다고 소원했으면서, 막상 한숨 자고 나니 더 욕심이 생겨 버린 것이다. 하지만 한편으로는 죽어 버린 소녀가 떠올라 마음이 짓눌렸다.

"제발, 얼른 그냥 죽어 버려!"

꿈속에서 소리쳤던 자신의 말을 소녀가 들었을까 봐 걱정됐다. 자신이 소녀에게 상처를 더했을까 봐. 극한의 고통을 겨우 견뎌 내고 있던 그 소녀에게.

오래전 꿈속에서 어린 재하를 만났을 때, 단아는 어린 재하를 끝까지 품었다. 어떻게든 지켜 주고 싶었고, 어린 재하를 괴롭히는 아버지라는 이름의 악당을 대신 혼내 주고 싶었다. 매일 밤 반복되는 꿈속에서 단아는 지치지 않고 어린 재하의 귀를 막아 주고 등 뒤에서 재하를 품에 안으며 끔찍한 폭력을 막아섰다.

하지만 그렇게 재하를 지켜 내고 난 뒤로 두 번째, 세 번째 꿈속의 아이들을 만나면서 단아는 지쳐 갔다. 피하고 싶었고, 도망가고 싶었다. 밤이 두려웠고, 꿈이 무서웠다. 왜 이 고통을 자신이 나눠 가져야 하는지 화가 났다. 하지만 안간힘을 쓰면 쓸수록 꼼짝없이 꿈에 붙들렸다. 어떻게든 맞서 싸워 무찌르고 싶었던 단아는 언제부터인가 굴복해 버렸다. 그냥 아무런 의지 없이 그 꿈에 이끌려 다녔다. 맞서고 싶은 용기가 모두 사라져 버린 것이다.

"재하야, 소녀는 어떻게 되었을까?"

"흠….."

"지켜 주지 못했는데, 정말 이대로 사라져 버린 걸까?"

"내 생각에 네가 푹 잠을 잘 잔 걸 보면, 소녀도 고통에서 벗어났을 거야."

"정말?"

재하는 단아의 작은 손을 자신의 두 손으로 포개 잡았다.

"응. 난 그렇게 믿어. 그러니 단아야, 오늘은 아무것도 하지 말고, 아무 생각도 하지 마. 따뜻한 물로 씻고 바로 누워서 그냥

자. 알겠지?"

"내가 오늘 다시 잠들 수 있을까? 나 사실, 좀 더 자고 싶어."

"걱정하지 마. 오늘은 푹 잘 수 있을 거야. 그리고 오늘은 내가 네 진짜 꿈에 나타나서 꼭 너 지켜 줄 테니까. 꿈에서 만나자, 백단아."

"응. 그럴게. 네 말을 들으니 나 오늘은 정말 푹 잠들 수 있을 것 같아. 너도 너무 걱정하지 마. 재하야, 나 들어간다."

"그래, 내일 봐."

자신보다 더 자신을 걱정하고 있는 재하에게 단아는 애써 밝게 손을 흔들며 돌아섰다. 자신의 고통을 재하에게 나눠 주는 것을 미안해하며.

현관에 들어선 단아는 거실 불을 켰다. 집에 없는 엄마가 신경 쓰였지만, 따뜻한 물로 샤워를 하고 옷을 갈아입었다. 평소보다 조금 이른 시간이었지만, 단아는 침대에 얌전히 누워 눈을 감았다. 숨소리를 고르게 내뱉으며 조용히 잠을 청했다. 꼭 다시 잠들고 싶었다.

그때, 현관문을 열고 들어서는 엄마의 기척이 느껴졌다. 단아는 모르는 척 눈을 뜨지 않았다.

"사랑하는 우리 딸, 벌써 잠들었어?"

방문을 열고 들어선 엄마가 비틀거리며 단아의 침대에 쓰

러질 듯 걸터앉았다. 술 냄새가 진하게 풍겼다. 단아는 미간을
찌푸렸다.

"엄마는 우리 딸 때문에 살아. 지구에서 하나뿐인 우리 딸.
아니지, 우주에서 하나뿐인 우리 딸. 호호호."

"엄마, 나 잘 거야. 좀 나가 줘."

"어? 우리 딸 아직 안 잤네? 엄마가 치킨 사 왔는데, 같이 먹
을래? 엄마는 치맥, 넌 치콜. 어때?"

보나 마나 술집에서 먹고 남은 안주를 바리바리 싸 온 것일
테다. 저렇게 싸 온 음식을 앞에 두고 엄마는 또 술을 마실 생
각이었다. 저 치킨은 내일 아침 고스란히 쓰레기통에 버려질
테고.

"딸, 얼른 나와. 엄마가 차려 놓고 있을게. 응?"

엄마가 비틀비틀 다시 방을 나선 후, 부엌에서 그릇을 떨구
는 소리, 엄마가 식탁 모서리에 부딪히는 소리, 잘그락잘그락
수저통을 뒤지는 소리가 정신없이 들려왔다. 모르는 척 누워있
는 단아의 귀에 그 정신없는 소음이 고스란히 꽂혔다. 단아는
귀를 틀어막았다. 이불을 뒤집어쓰고 몸을 웅크렸다.

"지겨워, 정말 지겨워. 지겨워 죽을 것 같아."

단아가 이불 속에서 중얼거렸다. 눈물이 가득 차올랐다.

"딸, 뭐 해? 안 나와?"

"아…. 엄마, 제발 좀…."

엄마의 술은 처음엔 한두 잔으로 시작했다. 단아 앞에서 아빠가 다른 여자와 살겠다며 집을 나갈 때, 멍한 눈으로 주저앉은 엄마에게 아빠가 '무식한 년'이라고 소리를 칠 때. 그럴 때마다 엄마는 장식장의 양주를 한두 잔 쓰게 삼키며 울었다. 가슴을 주먹으로 쾅쾅 치면서. 처음엔 그런 엄마 곁에서 단아도 같이 울었다.

"엄마, 그만해. 아파. 엄마, 으아앙."

"단아야, 괜찮아. 엄마가 숨을 쉴 수 없어서 그래. 괜찮아, 단아야."

단아는 엄마가 숨을 쉬기 위해 술을 마신다고 생각했다. 술 한잔에 숨을 쉬고, 술 두 잔에 숨을 쉬던 엄마가 이제는 몸 안 가득 술을 채워야만 숨을 쉴 수 있는 걸까? 이제 엄마는 사라지고 술만 남은 것 같았다. 끔찍하게도 엄마를 숨 쉬게 하는 듯했던 술이 엄마를 삼켜 버렸다.

"딸, 우리 딸. 사랑하는 엄마 딸. 치킨 먹자, 응?"

술병을 따는 소리, 조르륵 술을 따르는 소리, 잔을 내려 두는 소리가 이불 속에서 귀를 틀어막고 있는 단아에게 쉼 없이 들렸다. 단아의 가슴이 답답했다. 소녀의 꿈을 꾸고 있는 것이 아닌데도 짓눌리고 답답했다.

"끄아아아아앙!"

단아는 이불 속에서 낮에 속 시원하게 내지르던 재하의 기합 소리를 냈다. 단아의 작은 목소리는 재하의 것만큼 시원하지 않았다. 단아는 이불을 걷어차고 벌떡 일어나 방문을 열고 밖으로 나갔다.

탁.

단아는 정수기에서 찬물을 한 컵 따라 엄마 앞에 내려놓았다.

"물? 엄마 목 안 말라."

"물 마셔. 엄마 취했어."

"어머, 얘는. 엄마가 취하긴 뭘 취해. 딱 맥주 한잔 먹고 들어온 거야. 정말이야."

"거짓말이야! 엄만 취했어. 항상 취했어. 안 취한 날이 없어. 정말 내가 미쳐 버릴 것만 같아!"

핏발이 선 엄마의 흐린 눈이 정신을 차리려는 듯 초점을 모으고 있었다.

"어머나, 우리 딸 지금 화낸 거야? 엄마 우리 딸이 화내는 거 처음 봐. 왜 이렇게 화가 났어? 응?"

"물 마시라고! 물!"

단아는 물컵을 들었다가 식탁 위에 다시 세게 내려놨다.

"그래. 엄마 물 마실게. 우리 딸 화내지 마. 엄마 무서워."

엄마는 단아의 눈치를 살피며 물을 천천히 마셨다. 그러고는 이마를 짚고 찡그렸다.

"엄마가 너무 힘들어서, 딱 한잔한 거야. 미안해, 딸. 화내지

마. 엄만 너 없으면 못 살아. 엄만 너 때문에 사는데….”

“엄마, 제발 그 말 좀 그만해. 나 때문에 산다는 말, 나 없으면 못 산다는 말! 엄마는 나 없어도 살잖아! 술만 있으면!”

“우리 단아, 오늘 왜 이래? 응? 무슨 일 있었어?”

“왜? 무슨 일? 이게 다 엄마 때문이야! 엄마 때문에 미쳐 버리겠어! 정말 지긋지긋해. 술 취한 엄마, 나 때문에 산다는 엄마. 나 정말 미쳐 죽을 것 같아. 나 정말 숨을 못 쉬겠다고. 내가 정말 숨을 쉴 수가 없다고!”

단아는 어린 날 봤던 엄마의 모습 그대로 똑같이 자신의 가슴을 내리치며 소리쳤다. 놀란 엄마가 단아의 손을 붙잡았다.

“단아야, 왜 이래? 사랑하는 우리 딸 무슨 일 있었구나?”

단아는 엄마의 손을 뿌리쳤다.

“사랑? 엄마, 도대체 사랑이 뭐야? 난 도대체 엄마의 사랑을 이해할 수 없어!”

“딸, 그게 무슨 말이야? 엄마가 우리 딸을 얼마나 사랑하는데?”

“사랑이 뭔데? 비싼 과외를 시켜 주고, 유명 제과점의 빵을 사다 먹이는 게 사랑이야?”

“….”

“엄마는 나에 대해 궁금한 게 있기는 해? 모의고사 성적 말고, 내가 무슨 생각을 하며 사는지, 내가 무슨 꿈을 꾸는지 궁금한 적 있어? 아니, 그런 것까지는 바라지도 않아. 그냥 나를…
내 얼굴을 제대로 살펴봐 준 적이 있어?"

"단아야, 우리 단아가 오늘 왜 이러지? 엄마는 우리 딸 정말
사랑하는데…."

"그렇지? 엄마는 날 사랑하지? 나 때문에 살고, 나 없으면
못 살고, 나를 죽도록 사랑하지! 그런데 엄마, 나는 그게 정말
사랑인지 모르겠다고! 아니, 이게 사랑이라는 게 너무 힘들어.
엄마는 날 사랑한다는데, 나는 그 사랑이 너무 힘들다고! 엄마
나 정말 너무 힘들어! 매일 술, 술, 술! 정말 지긋지긋해! 엄마
의 그 술 취한 사랑, 나한테는 너무 무거워! 그 제정신이 아닌
사랑! 그 미친 사랑! 엄마, 제발 더 이상 나한테 그렇게 사랑한
다고 하지 마! 무섭다고! 엄마 사랑은 정말 무섭다고! 그 사랑
때문에 내가 죽겠다고!"

흥분해 악을 쓰던 단아가 엄마를 앞에 두고 털썩 무릎을 꿇
었다.

"엄마, 그냥 이혼해. 응? 제발 그냥 이혼해. 부탁이야, 이렇
게 살지 말고 그냥 제발 이혼하라고!"

"단아야, 안돼. 엄마는 이혼 안 해."

"왜? 나 때문에? 이혼 못 하는 것도 다 나 때문이지? 그러
니까 엄마가 이렇게 망가지면서 사는 게 다 나 때문이냐고! 내
가 엄마를 망치고 있는 거냐고! 엄마 사랑은 나를 망치고, 나

는 엄마를 망치고 있는 거냐고! 우리는 그냥 서로를 망치며 사랑하고 있는 거냐고! 이게 어떻게 부모고 자식이야? 도대체 이게 어떻게 사랑이야! 엄마, 나 여태껏 엄마 눈치 보며 살았어. 엄마랑 같이 잘 살고 싶어서! 착한 딸 연기하면서 그냥 다 참고 살았는데, 더는 이대로 못 살겠어. 나 숨 쉬면서 살고 싶어. 숨이 막혀. 하루도 빠짐없이 술 마시고 취하는 엄마만 보면 숨이 막혀. 엄마, 나 정말 죽을 것 같아. 제발 엄마…. 나 좀 살려 줘."

"단아야…."

"엄마, 나는 검사 아빠 없어도 돼. 알콜 중독자 엄마 없어도 된다고! 나는 나로 살고 싶어. 그러니까 제발 좀! 엄마도 엄마로 살아! 나 좀 그만 괴롭혀. 왜 자꾸 나 때문에 산다고 그래? 나는 나로 살기도 버거운데, 왜 엄마 인생까지 대신 살라고 하냐고! 엄마 인생이잖아. 제발 아빠한테도 나한테도 기대지 말고, 엄마 인생을 살아! 나는 내 인생이 있잖아! 내가 왜 이렇게 엄마 눈치 보면서 숨도 못 쉬고 살아야 하냐고!"

여태껏 큰소리 한 번 내지 않고 컸던 단아였다. 엄마가 불쌍해서, 참고 또 참았던 단아였다. 하지만 오늘 단아는 더는 참을 수가 없었다.

"끄아아아아압!"

단아가 또다시 기합 소리를 내질렀다. 이불 속에서 보다는 목청이 더 시원하게 터졌다.

"다, 단아야⋯."

놀란 엄마가 무릎 꿇은 단아 앞에 주저앉았다.

"제발! 엄마 인생까지 나한테 떠넘기지 마! 나한테 더는 참으라고 하지 마! 나 좀 내버려 둬! 나 좀 그만 괴롭혀! 엄마 인생은 제발 엄마가 해결해! 그 인생을 나에게 덮어씌우지 말라고! 그리고 제발 그 사랑한다는 말도 더는 하지 말아 줘!"

"다, 단아야⋯."

"끄아아아압! 끄아아아압! 끄아아아압! 끄아아아아아압!"

단아는 가슴 깊은 곳에 쌓인 응어리를 기합 소리로 퍼 올렸다.

"끄아아아아압! 아아아아아압! 아아아아아악!"

"그, 그만⋯. 그만해 단아야."

엄마가 다급히 단아를 끌어안았다.

"알았어, 안 그럴게. 엄마가 잘못했어. 미안해, 단아야. 엄마가 미안해."

단아를 품에 안은 엄마가 울었다. 단아도 엄마 품 안에서 엉엉 울었다. 목청껏 소리치며 팔다리를 바둥거리며 울고 또 울었다. 엄마도 쉴 새 없이 눈물을 흘렸다. 몸속에 쌓여 있던 술을 눈물로 퍼내려는 듯, 엄마는 그날 밤 단아가 잠들고 난 후에도 내내 울고 또 울었다.

기합을 실컷 내지른 단아는 그날, 악몽과 마주하지 않았다.

다음에 필 꽃

그날 이후로 단아는 꿈을 꾸지 않았다. 더는 꿈속에서 소녀를 볼 수 없었고, 그렇게 단아는 소녀를 잊었다.

"단아야, 밥 먹자. 얼른 일어나."

단아의 악몽은 그렇게 사라졌고, 엄마도 더는 술을 마시지 않았다. 꿈을 꾸지 않는 단아와 술을 마시지 않는 엄마가 맑은 정신으로 식탁 앞에 마주 앉았다. 하지만 모녀 사이에 별다른 말은 오가지 않았다. 식탁 위의 찬들은 다닥다닥 빼곡했지만, 단아와 엄마 사이는 헐겁고 또 멀었다.

"단아야, 어때? 김치찌개?"

"음…. 맛있어."

"그래? 다행이다."

"…."

"사실, 조미료를 좀 넣었어."

"풉."

단아가 웃었고, 엄마도 웃었다. 아니 어쩌면 엄마는 조금 울었는지도 모르겠다. 엄마의 눈이 촉촉했다. 이 웃음이, 아니 어쩌면 이 울음이 헐겁고 또 먼 둘 사이를 조금은 가까이 붙여 주는 듯했다.

김치찌개의 깊은 맛을 낼 줄 몰라 화학조미료를 쓴 엄마는 조금씩 조금씩 화학조미료 없이 깊은 맛을 내는 방법을 찾을 것이다. 단아에게 사랑한다고 입으로 뱉는 말 없이도, 진짜 사랑을 느끼게 해 주는 방법도 엄마는 역시 천천히 찾아낼 것이다. 집안에 뒹굴던 술병들이 사라졌고, 단아는 어렴풋이 엄마의 그 마음을 느꼈다. 아직은 희미하지만, 그것은 분명 사랑이라는 것을.

재하는 오늘도 아파트 현관 입구에서 나무를 올려다보며 단아를 기다렸다. 단아가 살금살금 다가와 재하의 팔짱을 꼈다. 단아와 눈 마주친 재하가 활짝 웃었다.

"뭘 그렇게 봐? 내가 오는 줄도 모르고?"

"나무."

"나무?"

"응, 나무. 그 예쁜 꽃잎을 다 떨어낸 걸 안쓰러워해야 하는

건지, 초록색 잎이 더 무성해지기를 응원해야 하는 건지…. 단
아야, 어떻게 할까?"

"바보. 당연히 초록색 잎이 더 무성해지기를 응원해야지."

"왜?"

"정말 몰라? 그래야 또 내년에 더 예쁜 꽃잎을 피워 낼 거
아니야."

"아…."

"으유, 김재하. 정말 바보."

"헤헤. 역시 우리 단아가 정말 똑똑해."

재하는 단아의 머리를 쓰다듬었다. 요즘 생기가 도는 단아
의 얼굴은 정말 예뻤다. 내년이든 후년이든 저 나무가 제아무
리 예쁜 꽃을 피워 낸다고 하더라도 단아만큼 예쁠 수는 없을
것 같았다.

"단아야."

"응?"

"그 사람에게서 또 편지가 왔어."

"아빠?"

"응."

단아는 조용히 재하의 말을 기다렸다. 묻고 싶은 말이 많았
지만, 그냥 기다렸다. 가끔은 그저 기다림도 대화 속 한 문장이
라는 걸 단아는 알고 있었으니까. 몇 걸음 걷던 재하가 다시 입

을 뗐다.

"나 읽어 봤어. 편지. 실은 지난번 편지도 읽었어. 그냥, 어쩌다가 읽게 됐어."

"그랬구나."

"용서해 달래."

"…."

"단아야, 나 그 사람 만나 보려고."

"그렇구나…. 내가 같이 가 줄까?"

재하는 말이 없었다. 단아는 재하의 팔을 더 단단히 붙들었다. 네 곁엔 이렇게 내가 있다고. 언제든 어디든 함께할 수 있는 내가 여기 이렇게, 네 곁에 있다고.

파란 하늘에 흰 구름이 그림 같은 초여름 날이었다. 따뜻한 바람 끝에 살짝 더운 기운이 느껴졌다. 재하는 반소매 티셔츠를 입은 채로 집을 나섰다. 재하가 현관에 모습을 보이자, 기다렸던 단아가 달려가 재하의 손을 잡았다.

"어? 백단아, 너 언제 왔어? 내가 데리러 간다고 했잖아."

"아침에 일찍 일어났거든. 헤헤."

둘은 버스 정류장으로 향했다. 맞잡은 손으로 서로의 따뜻함을 느끼며.

"밥은 먹었어?"

"응. 오늘도 김치찌개. 맛있다고 했더니 엄마가 김치찌개를 너무 자주 끓여. 괜히 맛있다고 했나 봐. 이젠 엄마가 맛이 어떠냐고 물어도 맛있다고 하기가 겁나. 질릴 만큼 먹을 자신이 없으면 이제 맛있다는 말 안 하려고."

"하하하. 그런데 엊그제 너희 집에서 먹은 김치찌개 정말 맛있던데?"

"김재하, 이건 비밀인데 말이야. 우리 엄마 김치찌개 맛의 비밀은 화학조미료란다."

"정말? 어쨌든 맛있으면 그만이지, 뭐. 하하하."

꿈에서 벗어난 후 단아의 말수가 늘었다. 하지만 오늘 유독 단아는 더 수다스럽다. 단아가 긴장한 것인지, 재하의 긴장을 풀어 주려는 것인지는 알 수 없다. 다행히 단아의 수다스러운 모습을 바라볼 때만큼은 재하의 표정이 편안해 보였다.

단아는 사실 묻고 싶은 게 많았다. 얼마 전까지만 해도 절대 그를 용서하지 않겠다던 재하였다. 그런데 왜 그를 만나려 하는지, 무슨 말이 하고 싶은 건지, 그를 정말로 용서할 생각인지를 물어보고 싶었다. 하지만 단아가 묻는다고 해도 재하는 대답하기가 쉽지 않을 터였다. 단아의 물음에 재하는 정성껏 답하고 싶겠지만, 세상의 단어는 속마음을 다 표현할 만큼 충분하지 못하다. 복잡하고 어지러운 마음을 말로 설명하는 것이 얼마나 어려운 일인지 단아는 잘 알고 있었다. 단아는 그 어려운 일을 재하에게 부탁하고 싶지 않았다. 그저 곁에서 지켜보면서, 느끼면서 조금씩 알아 가면 될 일이었으니까.

재하의 손에서 배어나는 땀, 목소리의 톤, 힘주어 걷는 걸음걸이…. 재하는 긴장하고 있었다. 단아는 그런 재하가 안쓰러워 땀에 젖은 재하의 손을 더 꼭 잡았다. 재하와 모든 것을 나누고 싶은 단아였지만, 지금은 그냥 재하의 곁에서 함께 걷는 것 외에는 아무것도 할 수 없었다. 꿈인 듯 꿈이 아닌 꿈이 오롯이 단아 혼자의 것이었던 것처럼, 재하와 아빠의 관계 또한 그들의 세상이었으니까. 재하가 오롯이 혼자 감당해야 할 몫은 어쩔 수 없이 따로 있었으니까.

면회실은 무채색이었다. 전등이 공간을 환하게 밝히고 있었지만, 어쩐지 침침하게 느껴졌다. 단아는 두어 번쯤 눈을 깊게 깜빡였다. 하지만 침침함이 쉬 사라지지는 않았다. 단아는 이 무채색의 공간은 저들의 죗값만큼 중력의 크기가 더 클지도 모른다고 생각했다. 면회실 안의 공기가 화창한 봄날인 바깥세상의 공기보다 더 무겁게 느껴졌기 때문이다. 쇠창살과 투명한 유리창을 사이에 둔 채 덩그러니 두 개의 의자가 서로 마주 보고 있는 이 작은 공간. 이 삭막하고 낯선 곳에 재하가 있다. 침침하고 어둡고 긴 터널을 지나 마침내 재하는 이제 봄을 느끼고, 지는 봄꽃을 안타까워할 수 있게 되었는데 왜 또다시 재하가 여기에 있어야 하는 걸까. 단아는 그 사람, 재하의 아버지를 향한 분노가 다시금 속 깊은 곳에서 꿈틀거리는 것을 느꼈다.

재하는 차분히 의자에 앉았고 단아는 재하 뒤에 한 발자국 물러서 있었다. 재하를 지켜 줄 수 있는 거리에 가만히 서서 아랫입술을 깨물며 그 사람이 나타나기를 기다렸다. 어린 날 단아가 품어 안아 주었던 재하의 작은 등이 커다랗게 변한 것을 힘주어 바라보면서.

덜커덩.

쇠창살 건너편의 작은 문이 열리고 그가 들어섰다. 단아는 조용히 침을 삼켰다. 그가 말없이 유리막 저편에 앉은 후에도 재하는 그를 쳐다보지 않았다. 재하의 눈은 자신의 무릎을 바라보고 있을 뿐이었다. 무릎 위에 올려진 재하의 손이 파르르 떨리는 것을 단아는 지켜보았다. 단아는 그 손을 눈으로 쓰다듬었다.

'괜찮아, 재하야. 괜찮아.'

재하는 그를 똑바로 바라볼 수 없었다. 여전히 두려웠다. 죄수복을 입고 감옥에 갇힌 것은 쇠창살 저쪽의 아빠인데, 좁은 옷장에 잔뜩 움츠린 어린 소년처럼 재하가 겁을 먹고 있었다. 재하도 단아처럼 아랫입술을 깨물었다. 얼마간의 시간이 흐른 후 그가 먼저 입을 열었다.

"많이 컸구나. 못 알아볼 뻔했다."

그제야 재하가 천천히 고개를 들어 앞에 앉아 어색하게 웃고 있는 그 남자를 바라보았다. 얼굴 살이 조금 빠지고 주름이 잡힌 듯했지만, 변함없이 건장한 체격의 사내였다. 재하는 말없이 그를 찬찬히 살폈다. 두려움을 이겨 내려는 듯 입술을 꽉 깨문 채로.

"네 소식은 사회 복지사에게 전해 들었다. 잘 지낸다고…. 정말 다행이구나."

재하는 대답 대신 그를 살피던 눈을 천천히 감았다 뜬 후, 시선을 정리해 그와 눈을 마주쳤다. 재하는 그와 눈을 맞춘 채 한동안 그대로 머물러 있었다.

단아는 재하의 등 뒤에서 두려움과 고통을 함께 느끼고 있었다. 오래전 그 꿈속에서처럼. 10여 년 전 친구 재하를 무자비하게 폭행했던 거대한 악당은 죄수복을 입고 쇠창살 안에 있었지만, 당장이라도 그 커다란 손이 저 유리를 뚫고 나와 다시 재하를 내려칠 것 같아 두려웠다. 옷장 안에서 빠르게 뛰던 어린 재하의 심장 소리가 다시 들리는 것 같았다. 울음소리도 낼 수 없었던 그때 그 극한 공포가 생생하게 떠올랐다. 단아의 팔에 소름이 돋았다. 단아는 그를 똑바로 바라보는 것이 힘들어 그대로 눈을 감아 버렸다.

"재하야…."

"…."

"나를 보러 와 줘서 고맙구나. 사실, 네가 영영 오지 않을까 걱정했다. 네가 나를 용서…."

"제가 여기 온 건…."

재하가 그의 말을 끊고 천천히 입을 열었다. 단아가 감았던 눈을 떠 재하를 바라보았다.

'힘내, 재하야.'

재하는 움츠렸던 어깨를 폈다. 무릎 위의 두 손도 더는 떨리지 않았다. 꽉 깨물었던 입술을 풀고, 재하는 말을 이었다.

"편지 보내지 마세요. 그 말 하려고 왔어요. 이곳에서 어떤 연락도 하지 말아 주세요. 이곳이 아니더라도 앞으로 어디에서든 다시는 제게 연락하지 마세요. 앞으로 저를 찾지 마세요."

"재, 재하야…. 아빠가…."

"아빠? 네. 낳아 주셨으니 아빠가 맞아요. 알아요. 하지만 단 한 번도 전 아버지 아들이라는 게 좋았던 적이 없어요. 아뇨, 아버지 곁에서 단 한 번도 끔찍하지 않은 순간이 없었어요. 저는 이제 더는 끔찍하게 살고 싶지 않아요. 저 이제 정말 잘 살고 싶어요. 끔찍했던 지난 시간을 잊고, 저는 정말 잘 살고 싶어요. 그러니 저를 찾지 마세요. 그 말 하려고 왔어요."

"미, 미안하다. 내가 잘못했다. 재하야…."

"미안… 미안… 미안하다는 말로…. 그 끔찍했던 폭력은 처음부터 누군가 죽어야 끝나는 악몽이었어요. 엄마가 죽든, 내가 죽든, 아버지가 죽든, 누구든 죽지 않으면 절대 끝이 없겠구나…. 그걸 전 알고 있었어요. 일곱 살, 그 어린아이가 알고 있었다고요. 아버지가 엄마를 죽이기 전부터, 전 엄마가 죽을 거라는 걸 알고 있었어요. 엄마가 제일 처음 죽을 거라는 걸…. 옷장에 숨어서 그 끔찍한 장면을 수없이 상상해야 했어요. 엄마가 죽고 또 내가 죽는 끔찍한 장면을. 일곱 살 어린 내가 매일 죽음과 싸워야 했다고요. 엄마가 그렇게 죽을 거라는 걸, 전 처음부터 알고 있었다고요! 그러니까 엄마는 결국, 아버지가 죽이고 제가 죽게 내버려 둔 거예요. 우리가 함께 엄마를 죽였어요. 엄마가 죽고 나서야, 우리가 엄마를 죽이고 나서야 비로소 그 끔찍한 악몽이 끝난 거예요. 이렇게… 결국은 이렇게 끝이 난 거라고요."

"재하야, 그건 사고였어. 내가 술에 취해서… 정말이야, 죽이려던 건 아니었어. 재하야, 그건 정말 사고…."

"정말 사고라고 생각하세요? 아니요, 그건 사고가 아니에요. 엄마의 죽음은 처음부터 아버지도 알고, 나도 알고, 엄마도 알고 있었던 거예요. 멈추지 못한 아버지 당신의 폭력은 사고가 아니라 계획되고 예정된 살인이었다고요!"

"아니야…. 정말이야. 죽이려던 건 아니었어. 재하야…."

"수없이 묻고 싶었어요. 왜 엄마죠? 왜 엄마여야 했죠? 엄마가 아닌 당신이 죽었어야 해요! 누군가 죽어서 끝나는 악몽이었다면, 죽어야 할 사람은 아버지 당신이었다고요! 옷장에 숨어 있을 때, 어서 이 악몽을 끝내고 싶었어요. 아버지가 집으로 돌아오는 길에 교통사고를 당해 흔적도 없이 죽어 없어졌으면 좋겠다고 생각했어요. 정말이에요. 아버지를 죽이고 싶었어요. 아니, 꿈속에서는 이미 여러 번 아버지를 죽였어요. 일곱 살 어린아이가 제 아버지를 죽이는 꿈을 숱하게 꾸었다고요! 그런데 참 우습죠? 아버지를 죽이는 꿈을 꾸고 나면 전 괴로웠어요. 심장이 찢어지는 것처럼 괴로웠다고요. 그래, 차라리 내가 죽자. 매일 밤 악몽에 시달리던 나는 아버지 발길질에 내 심장이 멎고, 내 피가 다 말라 버리길 바랐어요! 차라리 빨리 죽여 달라고 소원했다고요! 일곱 살 어린아이가! 죽음을 꿈꾸며 지냈다고요! 죽음만이 꿈이고 그 지옥의 탈출구였다고요!"

"재, 재하야…. 날 용서해라. 정말 미안하다."

"편지를 읽었어요. 아버지 당신이 보낸 그 편지를 읽고 난 후, 그 어린 날의 꿈을 다시 꾸기 시작했어요. 맞아요, 아버지를 죽이는 꿈이요. 10년이 지나도 그 꿈은 제 머릿속에서 사라지지 않고 숨어 있었더라고요. 하아…. 그런데 저는 더는 그 꿈을 꿀 수가 없어요. 꾸고 싶지 않아요. 아버지를 죽이는 끔찍한 꿈. 너무 괴로워서 내가 먼저 죽기를 원해야 하는 꿈. 제가 왜 죽음을 꿈꿔야 하나요? 저는 살고 싶은데…. 살고 싶은 내가 왜 죽음을 꿈꿔야 하냐고요. 네? 이젠 정말 그 지긋지긋한 악몽에서 벗어나고 싶어요. 그래서 왔어요. 제발 저를 찾지 말아 달라고. 제발 저를 좀 놓아 달라고. 여기서 그만 아버지 당신을 끊어 내고 싶어요. 아버지 당신을 끊어 내려고 왔어요. 전 정말 잘 살고 싶거든요. 아주 잘, 아주 잘 살고 싶어요. 세상은 아버지 당신만 아니면, 충분히 살아갈 가치가 있어요. 제발 내 삶을 빼앗지 말아 주세요."

쇠창살 안쪽에 있던 재하의 아빠가 의자를 밀쳐 내고 바닥에 무릎을 꿇었다.

"아들아, 제발 아빠를 용서해 다오. 제발 나를 용서해 다오. 재하야…. 흑흑."

재하는 무릎을 꿇고 흐느껴 우는 상대의 모습을 한동안 말없이 보고만 있었다. 눈빛과 표정에 흔들림이 없었다. 한참을 침묵하던 재하가 차갑게 입을 뗐다.

"저에게 용서를 구하지 마세요. 저는 그럴 자격도 그러고 싶은 마음도 없어요."

"재하야…."

"아버지는 이미 오래전에 절 수차례 죽였고, 전 지금 아버지의 죽음을 확인하러 온 것뿐이에요. 우린 서로를 죽인 사람, 서로에게 그냥 죽은 사람, 사라진 사람인 거예요. 아버지와 나, 우린 그렇게 끊어진 인연, 그걸 확인하러 온 거예요. 용서는 저를 죽이기 전에, 제가 아버지를 죽이기 전에 구하셨어야 해요. 늦었어요, 아주 많이."

"죽다니, 죽이다니…. 우리가 이렇게 마주 보며 살아 있는 데…."

"다시 말씀드려요? 아버지 아들은 그 끔찍한 폭력에 시달리다 죽었다고요! 살아도 사는 게 아니었으니까 그때 죽은 거나 다름없어요. 그 아버지는 아들이 꿈속에서 죽여 버렸어요. 꿈속에서도 차마 같은 하늘 아래에 있고 싶지 않은 사람, 그게 바로 당신이거든요. 저는 제 마음속에서 아버지란 사람을 죽여 없앴어요. 그러니 제발 저를 찾지 마세요. 저를 궁금해하지도, 그 어떤 소식도 알리지 마세요. 죽은 사람은 말이 없어야 하는 거잖아요. 제가 부탁드릴게요. 제발 저를 이대로 그냥 살게 내버려 두세요."

"재하야, 흑흑. 아이고, 재하야…. 미안하다, 미안해."

"할 말 다 했어요. 그만 가 보겠습니다."

재하는 자리에서 천천히 일어나 덤덤히 면회실 밖으로 걸어 나갔다. 단아도 조용히 재하의 뒤를 따랐다. 한 사내의 무거운 울음소리가 문밖으로 새어 나왔다. 거침없고 끔찍했던, 절대로 무찌를 수 없었던 악당. 그 커다랗고 무시무시했던 사내의 울음소리가.

단아는 밖으로 나오자마자 재하의 손을 꼭 잡았다. 재하도 단아의 작은 손을 느꼈다. 둘은 교도소 정문을 빠져나갈 때까지 말이 없었다. 그저 맞잡은 두 손이 모든 것을 말하고 있을 뿐이었다.

"괜찮아?"

"응….."

"잘했어, 재하야."

"내가 정말 잘한 거야? 단아야, 나 정말 잘했어?"

"응, 넌 뭘 해도 다 잘한 거야."

"만약 내가 그 사람을 용서했다면? 그래도?"

"응. 그래도."

"응?"

"너니까. 나는 널 믿으니까. 넌 다 잘한 거야. 네가 뭘 했든."

재하가 붙잡고 있던 단아의 손을 놓고, 그녀의 어깨를 붙들었다. 그리고 살며시 단아를 품에 안았다. 단아는 재하의 심장소리를 들으며 그렇게 가만히 있었다. 재하가 다 울 때까지. 파란 하늘을 바라보며 눈물을 다 삼킬 때까지.

다음에 필 꽃

동백

소녀는 걸었다. 죽을 길인지 살 길인지 알 수 없었지만 걷는
것 외에는 소녀가 할 수 있는 일이 없었다. 전쟁고아의 피란길.
소녀에겐 끔찍한 시간이었다. 차라리 죽어 버렸으면 싶을 만
큼. 사람들의 뒤꿈치를 밟아 가며 소녀는 그저 걷고 또 걸었다.
그래, 걷다 보면 어딘가에 다다르겠지. 천국이든 지옥이든, 그
저 삶이든 간에.

졸졸 흐르는 실개천을 따라 난 좁은 길에 피란민들이 몰려
있었다. 기찻길 혹은 강줄기를 따라 사람들은 남으로 걷고 있
었는데, 그 강줄기도 아마 남으로 가는 길을 가리키고 있을 터
였다.

그때, 전투기가 낮게 날아왔다. 손을 뻗으면 마치 닿기라도
할 것처럼 낮은 허공에서 무시무시한 굉음을 내며. 그리고 곧

이어 수백 개의 총알이 머리 위로 쏟아졌다. 마치 소나기처럼.

"꺄아아아악!"

소녀는 두려웠다. 그 좁은 천변 위의 모두가 두려움에 정신이 혼미해졌다. 지붕 하나 없이 뻥 뚫린 하늘에서 쏟아지는 총알을 피할 수가 없었기에. 총알이 당장이라도 자신의 심장을 뚫을 것 같아 잔뜩 겁을 먹은 사람들이 우왕좌왕했다. 다들 죽고 싶었지만 사실 또 살고 싶은 사람들이었다. 전부를 다 잃고도 그저 본능적으로 살고자 했던 사람. 소녀도 이 느닷없는 상황에 어찌해야 하는지 알 수 없어 허둥거렸다. 예고도 없이 순식간에 벌어진 일이었으니까.

"엎드려!"

누군가의 외침에 소녀는 수풀 쪽으로 뛰어들었다. 하지만 낮은 수풀은 몸을 숨기기에 마땅치 않았다.

"으악!"

"크허허허헉!"

뜨거운 비명과 함께 총에 맞은 사람들이 여기저기에서 쓰러져 꿈틀거렸다. 쓰러진 사람들에게서 쏟아져 나오는 핏물이 실개천을 붉게 물들였다.

"크헉!"

"으아악!"

"크, 큭! 크허헉!"

총에 맞아 비틀거리던 덩치 큰 사내가 잔뜩 웅크려 엎드려 있던 소녀를 덮치며 쓰러졌다. 소녀는 그 아래에 깔려 까무룩 정신을 잃었다. 덩치 큰 사내의 무게가 소녀를 짓눌렀고, 사내에게서 쏟아져 나오는 피가 뜨겁게 소녀를 적셨다. 소녀는 숨을 쉴 수 없었다. 소녀는 자신이 죽은 줄로만 알았다.

소녀가 정신을 차렸을 땐 캄캄한 어둠 속이었다. 소녀는 가까스로 자신을 덮쳤던 죽은 사내를 밀어내고 차가운 밤공기를 들이마셨다. 사방은 온통 죽음이었다. 서슬 퍼런 달빛 아래의 죽음들이 소녀를 휘감았다. 산짐승들이 내려와 시체를 핥았다. 소녀는 잔뜩 웅크린 채로 그 모습을 찬찬히 지켜보았다. 날이 밝을 때까지. 죽음을 탐하던 산짐승들이 모두 사라질 때까지.

해가 뜨자, 소녀의 두려움도 시커먼 어둠 속으로 사라져 버린 것 같았다. 무서울 것이 없었다. 끔찍한 고통도 더는 느껴지지 않았다. 죽음들이 눅진하게 깔린 저 어둠 속으로 그렇게 모두 사라졌다.

소녀는 햇살을 등으로 맞으며, 실개천의 물을 마셨다. 물에서 피비린내가 나는 것도 같았지만 아랑곳하지 않았다. 그저 목이 말랐다. 소녀는 천천히 걸음을 옮겼다. 피로 물든 치마저고리를 입고 산발이 된 머리로 소녀는 절뚝절뚝 걸었다.

"헤헤헤. 헤헤. 헤헤헤."

자신도 모르게 자꾸만 웃음이 흘렀다. 게슴츠레한 눈으로 빌빌 웃음을 흘리는 소녀를 본 사람들이 힐끗거리며 혀를 찼다.

"쯧쯧. 어린 것이 정신을 놓았네."

"이 난리에 저 어린 것이 혼자 남아서 어떻게 정신을 붙잡고 살겠어."

"하이고, 불쌍해서 어쩌누."

"정말이지 이놈의 세상 참 고되다. 쯧쯧쯧."

모두가 힐끔거리긴 했지만, 아무도 소녀를 거두진 않았다. 미쳐 버린 소녀는 혼자 걷고 걸어 어느 틈엔가 부산에 닿았다. 피란 인파가 시커멓게 몰려든 부산. 몸을 뉠 곳도 없어 묘지 위에 멍석을 깔아야 할 정도로 부산은 그야말로 아수라장이었다.

소녀는 고무신 한 짝을 어딘가에서 잃어버린 채, 절뚝거리며 부산 바닥을 헤맸다. 밥을 빌어먹고, 길바닥 아무 곳에서나 잠을 잤다. 그러던 어느 날, 소녀는 구릿한 냄새가 오장육부를 자극하는 국밥집 앞에 쭈그리고 앉았다. 가마솥에서 허연 김이 올라올 때마다 비실비실 웃으며, 침을 삼키고 또 삼켰다. 날이 어둑해지자 장사를 끝낸 국밥집 할머니가 소녀를 불렀다.

"아가, 느그 어마이는?"

"헤헤. 헤헤헤."

"어마이 없나? 아바이도 없고?"

"할매, 배고파. 밥 줘."

"쯧쯧쯧. 어여 들어 온나. 밥 한 그릇 묵어라."

"헤헤. 헤헤헤. 헤헤헤."

"니 이름이 뭐꼬?"

"몰라."

"이름도 몰라?"

"응, 몰라."

소녀는 국밥을 한 그릇 다 비우고는 그 자리에 쓰러져 잠들었다. 이틀을 꼬박 깨지 않고 국밥집 구석의 작은 방에서 죽은 듯이 잠을 잤다. 국밥집 할머니는 행여 아이가 죽었을까 가만가만 숨소리를 찾았다. 핏줄 하나 남기지 못한 자신에게 하늘이 주신 선물인 것 같았다.

그렇게 국밥집 할머니는 그 어린 소녀를 거두었다. 잘 씻기고 깨끗한 옷을 입혀 놓으니 시체 같았던 아이가 그제야 살아 있는 생명처럼 느껴졌다. 뼈만 앙상했던 소녀는 시간이 지날수록 살이 올랐고, 총기도 조금씩 살아나 할머니의 일도 제법 잘 거들었다. 하지만 여전히 제 이름도 기억하지 못했다.

"니 정말로 이름이 생각 안 나나?"

"몰라요, 생각 안 나."

"니 집이 어딘지도 모르고? 어마이 아바이도 모르겠고?"

소녀는 슬픈 눈으로 고개를 끄덕였다.

"쯧쯧. 고마 됐다. 억지로 애쓰지 마라."

소녀는 괴로웠다. 국밥집의 구릿한 국밥 냄새, 달큼하고 기름진 국밥의 맛, 할머니의 따뜻한 손길…. 소녀의 기억은 거기서부터 시작되었다. 그 이전의 기억은 어떤 것도 떠오르지 않았다. 이름도 나이도 어디서부터 시작된 피란길인지도….

소녀는 살기 위해 기억을 버린 것이었다. 기억은 돌아올 생각이 없었고, 소녀도 기억을 더듬기를 포기했다. 할머니는 자신의 이름도 잊어버린 소녀를 '동백'이라고 불렀다. 국밥집 앞에 심어진 작은 동백나무는 추운 겨울에도 탐스럽게 꽃을 피웠다. '동백'이라 부르면 소녀도 이 춥고 험한 세상에서 곱게 꽃을 피울 거라고 믿었다.

이제는 단아에게도 잊힌 70여 년 전 전쟁 속 그 소녀의 이름은 '동백'이었다.

신나는 음악 소리에 흥분한 동백이 할머니가 너울너울 춤을 췄다. 이 사람 저 사람을 잡아끌며 함께 춤을 추기를 권했다. 동백이 할머니는 휠체어에 앉아 있는 춘배 할아버지의 손도 잡아끌었다. 함께 춤을 추자고. 몸도 불편한 데다 말수도 적고 사람들과 좀처럼 어울리지 않는 춘배 할아버지였다. 그런 할아버지가 어쩐 일인지 동백이 할머니의 손에 이끌려 휠체어에서 일어나 한 걸음 한 걸음을 내디뎠다. 동백이 할머니의 눈빛이, 그 투명하고 맑은 짓궂은 눈빛이 전쟁 통에 잃어버린 여동생과 닮았다고 생각하며.

김씨 할아버지는 할머니 목에 걸린 이름표의 이름을 찬찬히 읽어 보았다.

"김, 동, 백."

잃어버린 여동생의 이름은 춘심이었다. 자신이 전쟁 통에 끊어진 다리 위를 기어오르다 끝내 손을 놓쳐 버린 어린 동생, 김춘심. 춘배 할아버지는 피란길, 다리 아래로 떨어진 동생을 끝내 찾지 못했다. 끊어진 다리 아래로 목숨을 걸고 내려가 동생을 찾고 또 찾았지만, 춘심이는 사라진 후였다.

'춘심아…'

전쟁이 끝난 후에도 춘배 할아버지는 동생을 찾기 위해 전국 방방곡곡을 헤맸다. 죽지 않았다면 어떻게든 다시 만나게 될 것이라고 믿으며. 춘배 할아버지는 그렇게 동생을 찾고 찾으며, 또 울고 울며 세월을 보냈다. 하지만 몇 해 전부터 할아버지는 동생을 잃어버린 그날에 제사를 지내기 시작했다. 이미 죽어 버렸을 동생에 대한 미련 때문에 여태 제삿밥 한 번 챙겨 주지 못한 것이 미안했다. 동생이 살아 있을 거라는 희망을 인제 그만 묻기로 한 것이다.

춘심이는 이름처럼 봄을 닮은 아이였다. 봄 햇볕처럼 따뜻하고, 사계절의 시작을 서둘러 이곳저곳에 알리듯 부지런함이 몸에 밴 아이. 춘배 할아버지는 춘심이가 살았으면 동백이 할머니를 닮았을 거란 생각을 했다. 치매 때문인지는 알 수 없었지만, 동백이 할머니에게서도 봄기운이 느껴졌으니까.

'춘심아, 잘 지내고 있느냐? 오라비가 밉지는 않더냐? 우리 곧 만나자. 그곳에서 우리 다시 만나면, 내 네 손을 절대로 놓지 않을 테니. 내 다시는 너를 잃지 않을 테니…. 네 손 잡고 우리 살던 그 마을 뒷산에 꽃을 따러 가련다. 성가시다 하지 않고 내 많이 따 주련다. 춘심아.'

동백나무는 추운 겨울에도 꽃을 피우며 봄을 기다린다.

오라버니를 영영 기억 속에서 지운 채 살아 낸 동백이 할머니는 치매에 걸려 오늘의 기억조차 다 지워져 가는 와중에도 무의식 속에서 오라버니를 만나는 봄을 기다리고 또 기다렸다. 끔찍한 전쟁과 노화가 지워 버린 기억 속에도 오라버니는 늘 살아 있었다. 동백이 할머니의 잃어버린 기억은 단아의 꿈속에 있었다. 단아의 꿈속에서 어린 동백이가 그토록 절절하게 그리워한 것은 오라버니 춘배였다.

춘배 할아버지의 손을 잡고 춤을 추던 동백이 할머니는 행사가 끝난 후에도 그 손을 놓지 않았다. 노래가 끝나고 날이 어둑해지도록 꼭 잡은 손을 놓지 않았다. 아픈 뇌가 모든 것을 다 지워 버려도 끊어 낼 수 없는 것이었다. 가족을 향한 그리움은, 가족을 향한 사랑은 그런 것이었다.

동백이 할머니는 눈을 뜨면 춘배 할아버지를 찾았다. 동백이 할머니가 춘배 할아버지를 성가시게 하는 것 같아 다들 걱정했지만, 사실 춘배 할아버지도 매일 동백이 할머니를 말없이 기다렸다. 할아버지는 할머니의 성화에 못 이기는 척하며, 어눌한 손으로 할머니의 색칠 공부를 도왔다. 깊은 곳에 뿌리를 내린 연분홍 연꽃이 새빨간 동백으로 피어나도록 빨간 크레파스로 꽃을 색칠했다.

"오라버니, 내 이쁘오?"

"암만, 참으로 예쁘구먼. 우리 춘심이."

"내 이름은 동백이래도."

"맞네, 동백이. 우리 춘심이."

안데르센의 동화 〈성냥팔이 소녀〉를 기억하지요? 추운 겨울, 성냥팔이 소녀가 꽁꽁 언 손을 호호 불며 성냥을 하나씩 켭니다. 그럴 때마다 소녀가 꿈꾸던 것들이 눈앞에 나타나지요. 소녀가 애타게 바랐지만, 결국은 맞닿지 못했던 것들이요. 따뜻한 벽난로, 맛있는 음식, 행복이 주렁주렁 매달린 트리…. 네, 소녀는 사랑이 가득한 가정이 무척 그리웠습니다. 하지만 결국 소녀에게 맞닿은 것은, 환영 속 할머니의 품에서 영영 잠드는 죽음뿐이었습니다. 이 때문에 〈성냥팔이 소녀〉는 제가 어릴 적 읽은 이야기 중에 가장 슬픈 이야기로 기억되네요.

오늘도 어딘가에는 가족의 따뜻한 품을 그리워하는 성냥팔이 소녀가 있습니다. 잔뜩 웅크린 채로 성냥을 하나씩 켜고 있을 성냥팔이 소녀. 그 소녀가 그리운 것과 마침내 맞닿기를 응원하는 마음으로 이 글을 썼습니다.

《커넥트》는 세상의 모든 성냥팔이 소녀에게 바치는 글입니다.

막 해가 지고 가로등 불빛이 하나둘씩 켜질 때면, 하늘 아래의 수많은 집도 불을 켜기 시작합니다. 색도 온도도 다른 불빛은 저마다의 이야기를 품고 있습니다. 크고 작은 상처들도 그 불빛 아래의 어느 가정에나 있기 마련이지요.

　술 냄새를 풍기며 엄마가 그저 습관처럼 내뱉는 '사랑한다'라는 말이 단아에게는 상처였고, 끔찍한 가정 폭력을 경험한 재하에게는 어린 시절이 송두리째 상처였습니다. 단아도 재하도 그리고 어쩌면 우리는 모두 세상에 태어나 처음, 가족으로부터 상처를 배웁니다. 나와 가장 가까운 가족으로부터 때로는 사랑을 느낄 새도 없이, 그보다 먼저 상처를 주고받기도 합니다. 그렇게 마음에 새겨진 상처는 쉬 사라지지 않습니다. 특히나 사랑하는 이에게서 받은 상처라면 더더욱이요. 살짝 베인 상처든 깊게 팬 상처든 시간이 흘러 아물기 마련이지만, 온전히 없어질 수는 없습니다. 흉터가 남으니까요. 당장 피가 뚝뚝 떨어지는 쓰라림은 덜해도 이젠 다 아물었다고 생각한 상처의 흔적도 더듬어 보면 다시금 가슴이 찌릿찌릿해지는 법이니까요.

　상처를 피할 수 있다면 좋겠지만, 그럴 수 없다면 상처를 받아들이고, 흉을 보듬고 단단해졌으면 좋겠다고 생각했습니다. 실컷 울고 내뱉으면서요. 단아의 기합 소리, 재하의 눈물이 그들을 조금 더 단단히 매만져 준 것처럼, 솔직한 소통이 위로가 되고, 그리움에 다가가는 희망이 되었으면 좋겠습니다. 끔찍한 전쟁으로 인해 생긴 큰 상처도 서로를 향한 진솔한 사랑이, 기적처럼 서로가 그리는 것을 맞닿게 해 준 것처럼요.

이 글을 쓰는 동안 어린 동백이와 전쟁 통을 누비고, 어린 재하의 끔찍한 고통을 함께 나누느라 사실 한동안 단아처럼 불면에 시달리기도 했습니다. 예민한 엄마의 글쓰기를 응원해 주는 두 아들과 늘 커다란 나무처럼 그 자리에서 묵묵히 지지해 주는 남편이 없었다면, 《커넥트》를 완성하지 못했을지도 모릅니다. 글을 쓸 수 있도록 든든한 울타리가 되어 주는 가족에게 무한한 사랑을 전합니다. 또한 《커넥트》가 세상에 나올 수 있도록 도와주신 도서출판 다른의 편집부와 모든 임직원께 깊이 감사드립니다. 마지막으로 제 글을 기다려 주신 친구들과 독자께 마음을 나눌 수 있어서 무척 행복하다는 인사를 드립니다.

지금, 책을 기다리는 제 마음이 봄 햇살처럼 따뜻합니다.
이 모든 것이 당신 덕분입니다.

2023년 봄, 민경혜

도넛문고
03

다른 포스트

뉴스레터 구독신청

커넥트

초판 1쇄 2023년 4월 13일
초판 2쇄 2023년 11월 6일

지은이 민경혜

펴낸이 김한청
기획편집 원경은 차언조 양희우 유자영
마케팅 현승원
디자인 이성아 박다애
운영 설채린

펴낸곳 도서출판 다른
출판등록 2004년 9월 2일 제2013-000194호
주소 서울시 마포구 동교로 27길 3-10 회경빌딩 4층
전화 02-3143-6478 **팩스** 02-3143-6479 **이메일** khc15968@hanmail.net
블로그 blog.naver.com/darun_pub **인스타그램** @darunpublishers

ISBN 979-11-5633-537-5 44810
     979-11-5633-449-1 (SET)

다른 생각이
다른 세상을 만듭니다